Chekhov's Short Stories - 1881
Anton Pavlovich Chekhov

Chekhov's Short Stories - 1881
Copyright © JiaHu Books 2015
First Published in Great Britain in 2015 by JiaHu Books – part of
Richardson-Prachai Solutions Ltd, 34 Egerton Gate, Milton Keynes, MK5
7HH
ISBN: 978-1-78435-145-8

В вагоне

Почтовый поезд номер такой-то мчится на всех парах от станции «Веселый Трах-Тарарах» до станции «Спасайся, кто может!». Локомотив свистит, шипит, пыхтит, сопит… Вагоны дрожат и своими неподмазанными колесами воют волками и кричат совами. На небе, на земле и в вагонах тьма… «Что-то будет! что-то будет!» — стучат дрожащие от старости лет вагоны… «Огого-гого-о-о!» — подхватывает локомотив… По вагонам вместе с карманолюбцами гуляют сквозные ветры. Страшно… Я высовываю свою голову в окно и бесцельно смотрю в бесконечную даль. Все огни зеленые: скандал, надо полагать, еще не скоро. Диска и станционных огней не видно… Тьма, тоска, мысль о смерти, воспоминания детства… Боже мой!

— Грешен!! — шепчу я. — Ох, как грешен!..

Кто-то лезет в мой задний карман. В кармане нет ничего, но все-таки ужасно… Я оборачиваюсь. Предо мной незнакомец. На нем соломенная шляпа и темно-серая блуза.

— Что вам угодно? — спрашиваю я его, ощупывая свои карманы.

— Ничего-с! Я в окно смотрю-с! — отвечает он, отдергивая руку и налегая мне на спину.

Слышен сиплый пронзительный свист… Поезд начинает идти всё тише и тише и наконец останавливается. Выхожу из вагона и иду к буфету выпить для храбрости. У буфета теснится публика и поездная бригада.

— Гм… Водка, а не горько! — говорит солидный обер-кондуктор, обращаясь к толстому господину. Толстый господин хочет что-то сказать и не может: поперек горла остановился у него годовалый бутерброд.

— Жиндаррр!!! Жиндаррр!! — кричит кто-то на плацформе таким голосом, каким во время оно, до потопа, кричали голодные мастодонты, ихтиозавры и плезиозавры… Иду посмотреть, в чем дело… У одного из вагонов первого класса стоит господин с кокардой и указывает публике на свои ноги. С несчастного, в то время когда он спал, стащили сапоги и чулки…

— В чем же я поеду теперь? — кричит он. — Мне до Ррревеля ехать! Вы должны смотреть!

Перед ним стоит жандарм и уверяет его, что «здесь кричать не приходится»… Иду в свой вагон № 224. В моем вагоне всё то же: тьма, храп, табачный и сивушный запахи, пахнет русским духом. Возле меня храпит рыженький судебный следователь, едущий в Киев из Рязани… В двух-трех шагах от следователя дремлет хорошенькая… Крестьянин, в соломенной шляпе, сопит, пыхтит, переворачивается на все бока и не знает, куда положить свои длинные ноги… Кто-то в углу закусывает и чамкает во всеуслышание… Под скамьями спит богатырским сном народ. Скрипит дверь. Входят две сморщенные старушонки с котомками на спинах…

— Сядем сюда, мать моя! — говорит одна. — Темень-то какая! Искушение да и только… Никак наступила на кого… А где Пахом?

— Пахом? Ах, батюшти! Где ж это он? Ах, батюшти!

Старушонка суетится, отворяет окно и осматривает плацформу.

— Пахо-ом! — дребезжит она. — Где ты? Пахом! Мы тутотко!

— У меня беда-а! — кричит голос за окном. — В машину не пущают!

— Не пущают? Который это не пущает? Плюнь! Не может тебя никто не пустить, ежели у тебя настоящий билет есть!

— Билеты уже не продают! Касс заперли!

По плацформе кто-то ведет лошадь. Топот и фырканье.

— Сдай назад! — кричит жандарм. — Куда лезешь? Чего скандалишь?

— Петровна! — стонет Пахом.

Петровна сбрасывает с себя узел, хватает в руки большой жестяной чайник и выбегает из вагона. Бьет второй звонок. Входит маленький кондуктор с черными усиками.

— Вы бы взяли билет! — обращается он к старцу, сидящему против меня. — Контролер здесь!

— Да? Гм… Это нехорошо… Какой?.. Князь?

— Ну... Князя сюда и палками не загонишь...

— Так кто же? С бородой?

— Да, с бородой...

— Ну, коли этот, то ничего. Он добрый человек.

— Как хотите.

— А много зайцев едет?

— Душ сорок будет.

— Ннно? Молллодцы! Ай да коммерсанты!

Сердце у меня сжимается. Я тоже зайцем еду. Я всегда езжу зайцем. На железных дорогах зайцами называются гг. пассажиры, затрудняющие разменом денег не кассиров, а кондукторов. Хорошо, читатель, ездить зайцем! Зайцам полагается, по нигде еще не напечатанному тарифу, 75% уступки, им не нужно толпиться около кассы, вынимать ежеминутно из кармана билет, с ними кондуктора вежливее и... всё что хотите, одним словом!

— Чтоб я заплатил когда-нибудь и что-нибудь!? — бормочет старец. — Да никогда! Я плачу кондуктору. У кондуктора меньше денег, чем у Полякова!

Дребезжит третий звонок.

— Ах, матушки! — хлопочет старушонка. — Где ж это Петровна? Ведь вот уж и третий звонок! Наказание божие... Осталась! Осталась бедная... А вещи ее тут... Што с вещами-то делать, с сумочкой? Родимые мои, ведь она осталась!

Старушонка на минуту задумывается.

— Пущай с вещами остается! — говорит она и бросает сумочку Петровны в окно.

Едем к станции Халдеево, а по путеводителю «Фрум — Общая Могила». Входят контролер и обер-кондуктор со свечой.

— Вашшш... билеты! — кричит обер-кондуктор.

— Ваш билет! — обращается контролер ко мне и к старцу.

Мы ёжимся, сжимаемся, прячем руки и впиваемся глазами в ободряющее лицо обер-кондуктора.

— Получите! — говорит контролер своему спутнику и отходит. Мы спасены.

— Ваш билет! Ты! Ваш билет! — толкает обер-кондуктор спящего парня. Парень просыпается и вынимает из шапки желтый билетик.

— Куда же ты едешь? — говорит контролер, вертя между пальцами билет. — Ты не туда едешь!

— Ты, дуб, не туда едешь! — говорит обер-кондуктор. — Ты не на тот поезд сел, голова! Тебе нужно на Живодерово, а мы едем на Халдеево! Вааазьми! Вот не нужно быть никогда дураком!

Парень усиленно моргает глазами, тупо смотрит на улыбающуюся публику и начинает тереть рукавом глаза.

— Ты не плачь! — советует публика. — Ты лучше попроси! Такой здоровый болван, а ревешь! Женат небось, детей имеешь.

— Вашшш... билет!.. — обращается обер-кондуктор к косарю в цилиндре.

— Га?

— Вашшш... билеты! Поворачивайся!

— Билет? Нешто нужно?

— Билет!!!

— Понимаем... Отчего не дать, коли нужно? Даадим! — Косарь в цилиндре лезет за пазуху и со скоростью двух с половиною вершков в час вытаскивает оттуда засаленную бумагу и подает ее контролеру.

— Кого даешь? Это паспорт! Ты давай билет!

— Другого у меня билета нету! — говорит косарь, видимо встревоженный.

— Как же ты едешь, когда у тебя нет билета?

— Да я заплатил.

— Кому ты заплатил? Что врешь?

— Кондухтырю.

— Какому?

— А шут его знает какому! Кондухтырю, вот и всё... Не бери, говорил, билета, мы тебя и так провезем... Ну, я и не взял...

— А вот мы с тобой на станции поговорим! Мадам, ваш билет!

Дверь скрипит, отворяется, и ко всеобщему нашему удивлению входит Петровна.

— Насилу, мать моя, нашла свой вагон… Кто их разберет, все одинаковые… А Пахома так и не впустили, аспиды… Где моя сумочка?

— Гм… Искушение… Я тебе ее в окошко выбросила! Я думала, что ты осталась!

— Куда бросила?

— В окно… Кто ж тебя знал?

— Спасибо… Кто тебя просил? Ну да и ведьма, прости господи! Что теперь делать? Своей не бросила, паскуда… Морду бы свою ты лучше выбросила! Аааа… штоб тебе повылазило!

— Нужно будет со следующей станции телеграфировать! — советует смеющаяся публика.

Петровна начинает голосить и нечестиво браниться. Ее подруга держится за свою суму и также плачет. Входит кондуктор.

— Чьи веш-ш-ш…чи! — выкрикивает он, держа в руках вещи Петровны.

— Хорошенькая! — шепчет мне мой vis-a-vis старец, кивая на хорошенькую. — Г-м-м-м… хорррошенькая… Чёрт подери, хлороформу нет! Дал бы ей понюхать, да и целуй во все лопатки! Благо все спят!..

Соломенная шляпа ворочается и во всеуслышание сердится на свои непослушные ноги.

— Ученые… — бормочет он. — Ученые… Небось, против естества вещей и предметов не пойдешь!.. Ученые… гм… Небось не сделают так, чтоб ноги можно было отвинчивать и привинчивать по произволению!

— Я тут ни при чем… Спросите товарища прокурора! — бредит мой сосед-следователь.

В дальнем углу два гимназиста, унтер-офицер и молодой человек в синих очках при свете четырех папирос жарят в картеж…

Направо от меня сидит высокая барыня из породы «само собою разумеется». От нее разит пудрой и пачулями.

— Ах, что за прелесть эта дорога! — шепчет над ее ухом какой-то гусь, шепчет приторно до… до отвращения, как-то французисто выговаривая буквы г, н и р. — Нигде так быстро и приятно не бывает сближение, как в дороге! Люблю тебя, дорога!

Поцелуй... Другой... Чёрт знает что! Хорошенькая просыпается, обводит глазами публику и... бессознательно кладет головку на плечо соседа, жреца Фемиды... а он, дурак, спит!!

Поезд останавливается. Полустанок.

— Поезд стоит две минуты... — бормочет сиплый, надтреснутый бас вне вагона. Проходят две минуты, проходят еще две... Проходит пять, десять, двадцать, а поезд всё еще стоит. Что за чёрт? Выхожу из вагона и направляюсь к локомотиву.

— Иван Матвеич! Скоро ж ты, наконец? Чёрт! — кричит обер-кондуктор под локомотив.

Из-под локомотива выползает на брюхе машинист, красный, мокрый, с куском сажи на носу...

— У тебя есть бог или нет? — обращается он к обер-кондуктору. — Ты человек или нет? Что подгоняешь? Не видишь, что ли? Ааа... чтоб вам всем повылазило!.. Разве это локомотив? Это не локомотив, а тряпка! Не могу я везти на нем!

— Что же делать?

— Делай что хочешь! Давай другой, а на этом не поеду! Да ты войди в положение...

Помощники машиниста бегают вокруг неисправного локомотива, стучат, кричат... Начальник станции в красной фуражке стоит возле и рассказывает своему помощнику анекдоты из превеселого еврейского быта... Идет дождь... Направляюсь в вагон... Мимо мчится незнакомец в соломенной шляпе и темно-серой блузе... В его руках чемодан. Чемодан этот мой... Боже мой!

Грешник из Толедо

«Кто укажет место, в котором находится теперь ведьма, именующая себя Марией Спаланцо, или кто доставит ее в заседание судей живой или мертвой, тот получит отпущение грехов».

Это объявление было подписано епископом Барцелоны и четырьмя судьями в один из тех давно минувших дней, которые навсегда останутся неизгладимыми пятнами в истории Испании и, пожалуй, человечества.

Объявление прочла вся Барцелона. Начались поиски. Было задержано шестьдесят женщин, походивших на искомую ведьму, были пытаемы ее родственники... Существовало смешное и в то же время глубокое убеждение, что ведьмы обладают способностью обращаться в кошек, собак или других животных и непременно в черных. Рассказывали, что очень часто охотник, отрезав лапу у нападавшего животного, уносил ее как трофей, но, открывая свою сумку, находил в ней только окровавленную руку, в которой узнавал руку своей жены. Жители Барцелоны убили всех черных кошек и собак, но не узнали в этих ненужных жертвах Марии Спаланцо.

Мария Спаланцо была дочерью одного крупного барцелонского торговца. Отец ее был французом, мать испанкой. От отца получила она в наследство галльскую беспечность и ту безграничную веселость, которая так привлекательна во француженках, от матери же — чисто испанское тело. Прекрасная, вечно веселая, умная, посвятившая свою жизнь веселому испанскому ничегонеделанию и искусствам, она до двадцати лет не пролила ни одной слезы... Она была счастлива, как ребенок... В тот день, когда ей исполнилось ровно двадцать лет, она выходила замуж за известного всей Барцелоне моряка Спаланцо, очень красивого и, как говорили, ученейшего испанца. Выходила она замуж по любви.

Муж поклялся ей, что он убьет себя, если она не будет с ним счастлива. Он любил ее без памяти.

На второй день свадьбы участь ее была решена.

Под вечер отправилась она из дома мужа к матери и заблудилась. Барцелона велика, и не всякая испанка сумеет указать вам кратчайшую дорогу от одного конца города до другого. Ей встретился молодой монах.

— Как пройти на улицу св. Марка? — обратилась она к монаху.

Монах остановился и, о чем-то думая, начал смотреть на нее... Солнце уже успело зайти. Взошла луна и бросала свои холодные лучи на прекрасное лицо Марии. Недаром поэты, воспевая женщин, упоминают о луне! При луне женщина во сто крат прекраснее. Прекрасные черные волосы Марии, благодаря быстрой походке, рассыпались по плечам и по глубоко дышавшей, вздымавшейся груди... Поддерживая на шее косынку, она обнажила руки до локтей...

— Клянусь кровью св. Януария, что ты ведьма! — сказал вдруг ни с того ни с сего молодой монах.

— Если бы ты не был монахом, то я подумала бы, что ты пьян! — сказала она.

— Ты ведьма!!

Монах сквозь зубы пробормотал какое-то заклинание.

— Где собака, которая бежала сейчас впереди меня? Собака эта обратилась в тебя! Я видел!.. Я знаю... Я не прожил еще и двадцати пяти лет, а уже уличил пятьдесят ведьм! Ты пятьдесят первая! Я — Августин...

Сказавши это, монах перекрестился, повернул назад и скрылся.

Мария знала Августина... Она многое слышала о нем от родителей... Она знала его как ревностнейшего истребителя ведьм и как автора одной ученой книги. В этой книге он проклинал женщин и ненавидел мужчину за то, что тот родился от женщины, и хвалился любовью ко Христу. Но может ли, не раз думала Мария, любить тот Христа, кто не любит человека? Прошедши полверсты, Мария еще раз встретилась с Августином. Из ворот одного большого дома с длинной латинской надписью вышли четыре черные фигуры. Эти четыре фигуры пропустили ее мимо себя и последовали за ней. В одной из них она узнала того же Августина. Они проводили ее до самого дома.

Через три дня после встречи с Августином к Спаланцо явился

человек в черном, с опухшим бритым лицом, по всем признакам судья. Этот человек приказал Спаланцо идти немедленно к епископу.

— Твоя жена ведьма! — объявил епископ Спаланцо.

Спаланцо побледнел.

— Поблагодари бога! — продолжал епископ. — Человек, имеющий от бога драгоценный дар открывать в людях нечистого духа, открыл нам и тебе глаза. Видели, как она обратилась в черную собаку и как черная собака обратилась в твою жену...

— Она не ведьма, а... моя жена! — пробормотал ошеломленный Спаланцо.

— Она не может быть женою католика! Она жена сатаны! Неужели ты до сих пор не замечал, несчастный, что она не раз уже изменяла тебе для нечистого духа? Иди домой и приведи ее сейчас сюда...

Епископ был очень ученый человек. Слово «femina» производил он от двух слов: «fe» и «minus», на том якобы законном основании, что женщина имеет меньше веры...

Спаланцо стал бледнее мертвеца. Он вышел из епископских покоев и схватил себя за голову. Где и кому сказать теперь, что Мария не ведьма? Кто не поверит тому, во что верят монахи? Теперь вся Барцелона убеждена в том, что его жена ведьма! Вся! Нет ничего легче, как убедить в какой-нибудь небывальщине глупого человека, а испанцы все глупы!

— Нет народа глупее испанцев! — сказал когда-то Спаланцо его умирающий отец, лекарь. — Презирай испанцев и не верь в то, во что верят они!

Спаланцо верил в то, во что верят испанцы, но не поверил словам епископа. Он хорошо знал свою жену и был убежден в том, что женщины делаются ведьмами только под старость...

— Тебя хотят монахи сжечь, Мария! — сказал он жене, пришедши домой от епископа. — Они говорят, что ты ведьма, и приказали мне привести тебя туда... Послушай, жена! Если ты на самом деле ведьма, то бог с тобой! — обратись в черную кошку и убеги куда-нибудь; если же в тебе нет нечистого духа, то я не отдам тебя монахам... Они наденут на тебя ошейник и не дадут тебе спать до тех пор, пока ты не наврешь на себя. Убегай же, если ты ведьма!

Мария в черную кошку не обратилась и не убежала... Она только заплакала и стала молиться богу.

— Послушай! — сказал Спаланцо плачущей жене. — Мой покойный отец говорил мне, что скоро настанет время, когда будут смеяться над теми, которые веруют в существование ведьм. Мой отец был безбожник, но всегда говорил правду. Нужно, значит, спрятаться куда-нибудь и выждать то время... Очень просто! В гавани починяется корабль моего брата Христофора. Я спрячу тебя в этот корабль, и ты не выйдешь из него до тех пор, пока не настанет время, о котором говорил мой отец. Время это, по его словам, настанет скоро...

Вечером Мария сидела уже на самом дне корабля и, дрожа от холода и страха, прислушивалась к шуму волн и с нетерпением ожидала того невозможного времени, о котором говорил отец Спаланцо.

— Где твоя жена? — спросил Спаланцо епископ.

— Она обратилась в черную кошку и убежала от меня, — соврал Спаланцо.

— Я ожидал, предвидел это! Но ничего. Мы найдем ее... Великий дар у Августина! О, чудный дар! Иди с миром и другой раз не женись на ведьмах! Были примеры, что нечистые духи переселялись из жен в мужей... В прошлом году я сжег одного благочестивого католика, который через прикосновение к нечистой женщине против воли отдал душу свою сатане... Ступай!

Мария долго просидела в корабле. Спаланцо посещал ее каждую ночь и приносил ей всё необходимое. Просидела она месяц, другой, просидела третий, но не наступало желаемое время. Прав был отец Спаланцо, но месяцев мало для предрассудков. Они живучи, как рыбы, и им нужны целые столетия... Мария привыкла к своему новому житью-бытью и уже начала посмеиваться над монахами, которых называла воро?нами... Она прожила бы еще долго и, пожалуй, уплыла бы вместе с починенным кораблем, как говорил Христофор, в далекие страны, подальше от глупой Испании, если бы не случилось одного страшного, непоправимого несчастья.

Объявление епископа, ходившее по рукам барцелонцев и наклеенное на всех площадях и рынках, попало и в руки Спаланцо. Спаланцо прочел это объявление и задумался. Его заняло отпущение грехов, обещанное в конце объявления.

— Хорошо бы получить отпущение грехов! — вздохнул Спаланцо.

Спаланцо считал себя страшным грешником. На его совести лежала масса таких грехов, за которые пошло на костер и умерло на пытке много католиков. В юности Спаланцо жил в Толедо. Толедо в то время был сборным пунктом магиков и волшебников... В XII и XIII столетиях там больше, чем где-либо в Европе, процветала математика. От математики в испанских городах до магии один только шаг... Спаланцо под руководством отца тоже занимался магией. Он вскрывал внутренности животных и собирал необыкновенные травы... Однажды он толок что-то в железной ступе, и из ступы с страшным треском вышел нечистый дух в виде синеватого пламени. Жизнь в Толедо состояла всплошную из подобных грехов. Оставив Толедо после смерти отца, Спаланцо почувствовал вскоре страшные угрызения совести. Один старый, очень ученый монах-доктор сказал ему, что его грехи не простятся ему, если он не получит отпущения грехов за какой-нибудь недюжинный подвиг. За отпущение грехов Спаланцо готов был отдать всё, лишь бы только освободить свою душу от воспоминаний о позорном толедском житье и избежать ада. Он отдал бы половину своего состояния, если бы тогда продавались в Испании индульгенции... Он отправился бы пешком в святые места, если бы его не удерживали его дела.

«Не будь я ее мужем, я выдал бы ее...» — подумал он, прочитав объявление епископа.

Мысль, что ему стоит только сказать одно слово, чтобы получить отпущение, застряла в его голове и не давала ему покоя ни днем, ни ночью... Он любил свою жену, сильно любил... Не будь этой любви, этой слабости, которую так презирают монахи и даже толедские доктора, пожалуй, можно было бы... Он показал объявление брату Христофору...

— Я выдал бы ее, — сказал брат, — если бы она была ведьма и не была бы такой красивой... Отпущение вещь хорошая... Впрочем, мы не будем в убытке, если подождем смерти Марии и выдадим ее тем воронам мертвую...

Пусть сожгут мертвую... Мертвым не больно. Она умрет, когда мы будем стары, а в старости-то нам и понадобится отпущение...

15

Сказавши это, Христофор захохотал и ударил брата по плечу.

— Я могу умереть раньше ее, — заметил Спаланцо. — Но, клянусь богом, я выдал бы ее, если бы не был ее мужем!

Через неделю после этой беседы Спаланцо ходил по палубе корабля и бормотал:

— О, если бы она была мертвой! Живую я ее не выдам, нет! Но я выдал бы ее мертвой! Я обманул бы тех старых проклятых ворон и получил бы от них отпущение!

И глупый Спаланцо отравил свою бедную жену...

Труп Марии был отнесен Спаланцо в заседание судей и предан сожжению.

Спаланцо получил отпущение толедских грехов... Его простили за то, что он учился лечить людей и занимался наукой, которая впоследствии стала называться химией. Епископ похвалил его и подарил ему книгу собственного сочинения... В этой книге ученый епископ писал, что бесы чаще всего вселяются в женщин с черными волосами, потому что черные волосы имеют цвет бесов.

И то и сё (Письма и телеграммы)

Телеграмма

Целую неделю пью за здоровье Сары. Восхитительно! Стоя умирает. Далеко нашим до парижан. В кресле сидишь, как в раю. Маньке поклон. Петров.

***

Телеграмма

Поручику Егорову. Иди возьми у меня билет. Больше не пойду. Чепуха. Ничего особенного. Пропали только деньги.

***

От доктора медицины Клопзона
к доктору медицины Ферфлюхтершвейн

Товарищ! Вчера я видел С. Б. Грудь паралитическая, плоская. Костный и мышечный скелеты развиты неудовлетворительно. Шея до того длинна и худа, что видны не только venae jugulares[1], но даже и arteriae carotides[2]. Musculi sterno-cleido-mastoidei[3] едва заметны. Сидя во втором ряду, я слышал анемические шумы в ее венах. Кашля нет. На сцене ее кутали, что дало мне повод заключить, что у нее лихорадка. Констатирую anaemia[4] и atrophia musculorum[5]. Замечательно. Слезные железы у нее отвечают на волевые стимулы. Слезы капали из ее глаз, и на ее носу замечалась гиперемия, когда ей, согласно театральным законам, нужно было плакать.

***

От Нади N. к Кате X.

Милая Катя! Вчера я была в театре и видела там Сару Бирнар. Ах Катечка сколько у нее брилиянтов! Я всю ночь проплакала

---

1 яремные вены

2 сонные артерии

3 Мышцы грудно-ключично-сосковые

4 малокровие

5 истощение мышц

от мысли, что у меня никогда не будит столько брилиянтов. О платьи ее передам на словах... Как бы я желала быть Сарой Бирнар. На сцене пили настоящее шинпанское! очень странно Катя я говорю отлично по французски но ничего не поняла что говорили на сцене актеры говорили как то иначе. Я сидела... в галерке мой урод не мог достать другого билета. Урод! жалею что я в понедельник была холодна с С. тот бы достал в партер. С. за поцелуй готов на всё. На зло уроду завтра же у нас будет С. достанет билет тебе и мне.

Твоя Н.

***

От редактора к сотруднику

Иван Михайлович! Ведь это свинство! Шляетесь каждый вечер в театр с редакционным билетом и в то же время не несете ни одной строчки. Что же вы ждете? Сегодня Сара Бернар злоба дня, сегодня про нее и писать нужно. Поспешите, ради бога!

Ответ: Я не знаю, что вам писать. Хвалить? Подождем, пока что другие напишут. Время не уйдет.

Ваш X

.

Буду сегодня в редакции. Приготовьте денег. Если вам жалко билета, то пришлите за ним.

***

Письмо г-жи N. к тому же сотруднику

Вы душка, Иван Михайлыч! Спасибо за билет. На Сару насмотрелась и приказываю вам ее похвалить. Спросите в редакции, можно ли и моей сестре сходить сегодня в театр с редакционными билетами?! Премного обяжете.

Примите и проч.

Ваша N.

Ответ. Можно... за плату, разумеется. Плата невелика: позволение явиться к вам в субботу.

***

К редактору от жены

Если ты не пришлешь мне сегодня билета на Сару Бернар, то не приходи домой. Для тебя, значит, твои сотрудники лучше, чем жена. Чтоб я была сегодня в театре!

***

От редактора к жене

Матушка! Хоть ты не лезь! У меня и без тебя ходором ходит голова с этой Сарой!

***

Из записной книжки капельдинера

Нонче впустил четверых. Читирнадцать руб.

Нонче впустил пятерых. Пятнацать р.

Нонче впустил трех и одну мадам. Пятнацать руб.

***

...Хорошо, что я не пошел в театр и продал свой билет. Говорят, что Сара Бернард играла на французском языке. Всё одно — ничего не понял бы...

Майор Ковалев.

***

Митя! Сделай милость, попроси как-нибудь помягче свою жену, чтобы она, сидя с нами в ложе, потише восхищалась платьями Сары Бернар. В прошлый спектакль она до того громко шептала, что я не слышал, о чем говорилось на сцене. Попроси ее, но помягче. Премного обяжешь.

Твой У.

***

От слависта Х. к сыну

Сын мой!.. Я открыл свои глаза и увидел знамение разврата... Тысячи людей, русских, православных, толкующих о соединении с народом, толпами шли к театру и клали свое золото к ногам еврейки... Либералы, консерваторы...

***

Душенька! Ты мне лягушку хоть сахаром обсыпь, так я ее всё равно есть не стану...

Собакевич.

И то и сё (Поэзия и проза)

Прекрасный морозный полдень. Солнце играет в каждой снежинке. Ни туч, ни ветра. На бульварной скамье сидит парочка.

— Я вас люблю! — шепчет он.

На ее щечках играют розовые амурчики.

— Я вас люблю! — продолжает он… — Увидев впервые вас, я понял, для чего я живу, я узнал цель моей жизни! Жизнь с вами — или абсолютное небытие! Дорогая моя! Марья Ивановна! Да или нет? Маня! Марья Ивановна… Люблю… Манечка… Отвечайте, или же я умру! Да или нет?

Она поднимает на него свои большие глаза. Она хочет сказать ему: «да». Она раскрывает свой ротик.

— Ах! — вскрикивает она.

На его белоснежных воротничках, обгоняя друг друга, бегут два большущие клопа… О, ужас!!…

***

«Милая маменька, — писал некий художник своей маменьке. — Еду к Вам! В четверг утром я буду иметь счастье прижимать Вас к своей полной любовью груди! Чтобы продолжить сладость свидания, я везу с собой… Кого? Угадайте! Нет, не угадаете, маменька! Не угадаете! Я везу с собой чудо красоты, перл человеческого искусства! Везу я (вижу Вашу улыбку) Аполлона Бельведерского!..»

«Милый Колечка! — отвечала маменька. — Очень рада, что ты едешь. Господь тебя благословит! Сам приезжай, а господина Бельведерского не вези с собой, нам и самим есть нечего!..»

***

Воздух полон запахов, располагающих к неге: пахнет сиренью, розой; поет соловей, солнце светит… и так далее.

В городском саду, на скамеечке, под широкой акацией сидит гимназист восьмого класса, в новеньком мундирчике, с пенсне на носу и с усиками. Возле него хорошенькая.

Гимназист держит ее за руку, дрожит, бледнеет, краснеет и шепчет слова любви.

— О, я люблю вас! О, если б вы знали, как я люблю вас!

— И я люблю! — шепчет она.

Гимназист берет ее за талию.

— О, жизнь! Как хороша ты! Я утону, захлебнусь в счастье! Прав был Платон, сказавший, что... Один только поцелуй! Оля! Поцелуй — и больше ничего на свете.

Она томно опускает глазки... О, и она жаждет поцелуя! Его губы тянутся к ее розовым губкам... Соловей поет еще громче...

— Идите в класс! — раздается дребезжащий тенор над головою гимназиста.

Гимназист поднимает голову, и с его головы сваливается кепи... Перед ним инспектор...

— Идите в класс!

— Кгм... Теперь большая перемена, Александр Федорович!..

— Идите! У вас теперь латинский урок! Останетесь сегодня на два часа!

Гимназист встает, надевает кепи и идет... идет и чувствует на своей спине ее большие глаза... Вслед за ним семенит инспектор...

***

На сцене дают «Гамлета».

— Офелия! — кричит Гамлет. — О, нимфа! помяни мои грехи...

— У вас правый ус оторвался! — шепчет Офелия.

— Помяни мои грехи... А?

— У вас правый ус оторвался!

— Пррроклятие!.. в твоих святых молитвах...

***

Наполеон I приглашает на бал во дворец маркизу де Шальи.

— Я приеду с мужем, ваше величество! — говорит m-me Шальи.

— Приезжайте одни, — говорит Наполеон. — Я люблю хорошее мясо без горчицы

21

Контора объявлений Антоши Ч.

для удобства гг. публикующих арендовала в «Зрителе» на 1881 год отдел для помещений реклам и публикаций разного рода

АРТЕЛЬ ТЕАТРАЛЬНЫХ БАРЫШНИКОВ

Сим имеет честь уведомить, что, для удобства публики, она избрала своим местопребыванием портерную, *близ театра*. Ввиду предстоящего приезда знаменитой Сары Бернар, вошла в соглашение с кем следует и предлагает услуги.

ДОКТОР ЧЕРТОЛОБОВ

Специалист по женским, мужским, детским, грудным, спинным, шейным, затылочным и многим другим болезням. Принимает ежедневно с 7 ч. утра до 12 ч. ночи. Бедных лечит 30-го февраля, 31-го апреля и 31-го июня бесплатно и 29-го февраля с большой уступкой. Молчановка, Гавриков пер., собственный дом.

В КНИЖНОМ МАГАЗИНЕ «НОВОГО ВРЕМЕНИ»

поступили в продажу следующие книги:

В интересном положении. Роман в 4 ч. Морского. Цена 5 р. 23 к.

Памяти д-ра Дебе, брошюра, его же.

Свиной хлев, устройство оного и его обитатели, соч. ритора Ев. Львова.

Я не был на юбилее, лирическое стихотворение, его же.

Туда ему и дорога! Ода иезуита Тараканчио и социуса его Цитовича. Ц. 30 к.

В облаках, роман Андрея Печерского в 14 ч. (Продолжение «На горах» и «В лесах».)

Газетчики и кумовство, соч. прогоревшего редактора.

Славянофило-русский словарь. 40 000 слов, необходимых

для чтения «Руси».

!!!ДЕСЯТЬ ПРОЦЕНТОВ!!!

из 10 000 годового дохода гг. врачам, желающим войти со мною в комиссию.

ГРОБОВЫХ ДЕЛ МАСТЕР ЧЕРЕПОВ

Имеются готовые *гробы* всевозможных сортов. Для умирающих оптом уступка. Прошу гг. умирающих остерегаться подделок.

НУЖНА КУХАРКА

трезвая, умеющая стирать и не сотрудничающая в одном *Листке*. Большая Ордынка, Замоскворецкий пер., д. поручика Негодяева.

ТРИХИНЫ БЕЗ КОЛБАС

можно получать в магазине купца Махаметова, в Охотном ряду.

ПРИСЯЖНЫЙ ПОВЕРЕННЫЙ И. Н. МОШЕННИКОВ

ведет дела. На случай обвинительного приговора предлагает залог.

Потеряв всякую надежду выйти замуж, продаю свое приданое.

Егорушка! иди, возьми меня! Девица Невиннова.

ЯСНОВИДЯЩАЯ С ЦВЕТНОГО БУЛЬВАРА

имеет честь уведомить гг. редакторов, что ей известно, сколько имеют и сколько будут иметь подписчиков любой журнал в будущем 1882 году. Плата за одно слово — рубль.

ДУШЕПРИКАЗЧИКИ КУПЦА ВИСЛЯЕВА

имеют честь уведомить, что 10 рублей, оставленные покойным для выдачи тому, кто напишет невозможно глупую комедию, выданы 15 ноября автору комедии «Город упраздняется».

Тысяча сто сорок четыре издателя «Русской газеты» с глубоким прискорбием извещают своих дядюшек, тетушек, читателей и сотрудников об безвозвратной кончине своего любезного детища «Русской газеты», последовавшей после тяжкого и продолжительного тления. Погребения, за неимением благодетелей, не будет. Тело покойной сдано в анатомический театр. Вскрытие обнаружило атрофию мозга и голодную смерть. Бренные остатки наспиртованы и отправлены, как препарат, в секретное отделение музея Винклера, на Цветном бульваре.

В МУЗЕЕ ВИНКЛЕРА,

на Цветном бульваре,

кроме всевозможной чепухи стран Старого и Нового Света, показываются еще и следующие редкости:

1) **Театральная карета**, сооруженная в 1343 году. Вмещает в себе 26 балерин, 8 благородных отцов и 5 комических старух. Никуда не годна, но величественна. Верх проломан, на прошлой неделе, перед репетицией, воробьем, севшим на карету, дабы воспользоваться ватой, выпавшей из шапки возницы.

2) **Две театральные лошади**, впряженные в означенную карету, неопределенной масти, безгривые, бесхвостые, с винтообразными ногами. Одной 84 года, другой — 67. На одной из них в 1812 году был взят в плен французский генерал, маркиз Бланманже. Питаются соломой и бурьяном. Говорят, что это лучшие из театральных лошадей. Для скачек едва ли годны... Театральное дело любят и (о, equina simplicitas!![1]) считают себя непременными членами артистической корпорации.

---

1 о, лошадиная простота!!

3) **Портрет иезуита Цитовича** в монашеской одежде. Уста раскрыты, и правая рука внушительно поднята вверх. Под ним подпись: «Veni, vidi, non vici[2], взял и… разумеется, ушел. Homo maximissimus»[3].

4) **Аполлон Бельведерский**. Перл искусства. Приобретен за 10 000 руб. Принимая во внимание, что наш музей посещают иногда mesdames, mesdemoiselles и юноши моложе 25 лет, мы, в видах нравственности, по совету г. инспектора училища живописи, нарядили статую в фрачную пару. Одевал Айе, цилиндр от Поша и обувь от Львова.

5) **Сети**, в кои увлекла развратного Антония прекрасная Клеопатра.

6) **Белая крыса** (stultum animal[4]), 1¼ фута роста. Редкий экземпляр. Найдена в 1880 году запеченной в филипповском калаче. Наспиртованный препарат. Новинка для молодых зоологов.

ЗУБНОЙ ВРАЧ ЛУМПЕНМАК

Показывает публике зубы. Ахахаевский проезд, дом № 35½.

---

2 Пришел, увидел, но не победил

3 Величайший человек

4 глупое животное

Петров день

Наступило утро желанного, давно снившегося дня, наступило — ураа, господа охотники!! — 29-е июня… Наступил день, в который забываются долги, жучки, дорогие харчи, тещи и даже молодые жены, — день, в который г. уряднику, запрещающему стрелять, можно показать двадцать кукишей…

Побледнели и затуманились звезды… Кое-где послышались голоса… Из деревенских труб повалил сизый, едкий дым. На серой колокольне показался не совсем еще проснувшийся пономарь и ударил к обедне… Послышалось храпенье растянувшегося под деревом ночного сторожа. Проснулись щуры, закопошились, залетали с одного конца сада на другой и подняли свое невыносимое, надоедливое чириканье… В терновнике запела иволга… Над людской кухней засуетились скворцы и удоды… Начался даровой утренний концерт…

К развалившемуся, живописно обросшему колючей крапивой крыльцу дома отставного гвардии корнета Егора Егорыча Обтемперанского подъехали две тройки. В доме и во дворе поднялась страшная кутерьма. Всё живущее вокруг Егора Егорыча заходило, забегало и застучало по всем лестницам, сараям и конюшням… Переменили одного коренного. У кучеров слетели с голов картузы, у лакея, Катькина прихвостня, засиял под носом красный фонарь, кухарок назвали «стервозами», послышалось имя сатаны и аггелов его… В пять минут тарантасы наполнились коврами, полостями, кульками с провизией, ружейными чехлами.

— Готово-с! — пробасил Аввакум.

— Пожалуйте! Готово! — крикнул сладеньким голоском Егор Егорыч, и на крыльце показалась многочисленная публика. Первый вскочил в тарантас молодой доктор. За ним вполз архангельский мещанин Кузьма Больва, старичок в сапогах без каблуков, в рыжем цилиндре, с двадцатипятифунтовой двустволкой и с желто-зелеными пятнами на шее. Больва — плебей, но гг. помещики, из уважения к его преклонным летам (он родился в конце прошлого столетия) и уменью попадать в подброшенный двугривенный, не брезгуют его плебейством и берут с собой на охоту.

— Пожалуйте, ваше превосходительство! — обратился Егор Егорыч к маленькому седому толстячку в белом со светлыми пуговицами кителе и с аннинским крестом на шее. — Подвиньтесь, доктор!

Отставной генерал крякнул, стал одной ногой на подножку и, поддерживаемый Егором Егорычем, толкнул животом доктора и грузно уселся возле Больвы. За генералом вскочили генеральский щенок Тщетный и легавый Егора Егорыча, Музыкант.

— М-м-м... того, братец... Ваня! — обратился генерал к своему племяннику, юноше-гимназисту с длинной одностволкой через спину. — Ты можешь сесть здесь, возле меня. Иди сюда! Н-да... Вот здесь. Не шали, мой друг! Лошадь может испугаться!

Пустив еще раз в нос коренному табачного дыма, Ваня вскочил в тарантас, отодвинул Больву от генерала и, повертевшись, сел. Егор Егорыч перекрестился и сел рядом с доктором. На козлах, рядом с Аввакумом, примостился длинный и сухой преподаватель математики и физики в Ваниной гимназии, г. Манже.

Первый тарантас наполнился. Началась нагрузка второго тарантаса.

— Готово! — крикнул Егор Егорыч, когда во второй тарантас, после долгих споров и беганья вокруг и около, поместились остальные восемь человек и три собаки.

— Готово! — крикнули гости.

— Ну? Итак, значит, трогать, ваше превосходительство? Господи благослови, — трогай, Аввакумка!

Первый тарантас покачнулся и тронулся с места. Второй, вмещавший в себе самых ярых охотников, покачнулся, отчаянно скрипнул, взял немного в сторону и, очутившись впереди первого, покатил к воротам. Охотники улыбнулись все разом и захлопали от восторга в ладоши. Все почувствовали себя на седьмом небе, но... злая судьба!.. не успели они выехать со двора, как случился скандал...

— Стой! Подожди! Стой!!! — раздался сзади троек пронзительный тенор.

Охотники оглянулись и побледнели. За тройками гнался невыносимейший в мире человек, известный всей губернии скандалист, брат Егора Егорыча, отставной капитан 2-го ранга Михей Егорыч... Он отчаянно махал руками. Тройки остановились.

— Что тебе? — спросил Егор Егорыч.

Михей Егорыч подбежал к тарантасу, стал на подножку и замахнулся на Егора Егорыча. Охотники зашумели.

— Что такое? — спросил покрасневший Егор Егорыч.

— То такое, — закричал Михей Егорыч, — что ты Иуда, скотина, свинья!.. Свинья, ваше превосходительство! Ты отчего не разбудил меня? Отчего ты не разбудил меня, осел, я тебя спрашиваю, подлеца этакого? Позвольте, господа... Я ничего... Я его только поучить хочу! Ты почему не разбудил меня? Не хочешь брать с собой? Я помешаю тебе? Напоил меня вчера вечером нарочно и думал, что я просплю до двенадцати часов! Каков молодец! Позвольте, ваше превосходительство... Я его только раз... смажу... Позвольте!

— Чего вы лезете? — крикнул генерал, растопыривая руки. — Разве не видите, что нет места? Вы уж слишком... позволяете...

— Напрасно ты бранишься, Михей, — сказал Егор Егорыч. — Я не разбудил тебя потому, что тебе незачем ехать с нами... Ты не умеешь стрелять. Зачем тебе ехать? Мешать? Ведь ты не умеешь стрелять!

— Не умею? Не умею я стрелять? — закричал Михей Егорыч так громко, что даже Больва заткнул уши. — Но, в таком случае, за каким чёртом доктор едет! Он тоже не умеет стрелять! Он лучше меня стреляет?

— Он прав, господа, — сказал доктор. — Я не умею стрелять, не умею ружья даже держать... Я терпеть не могу стрельбы... Я не знаю, зачем вы берете меня с собой... За каким дьяволом? Пусть он садится на мое место! Я остаюсь!.. Есть место, Михей Егорыч!

— Слышишь, слышишь? Зачем же ты его берешь?

Доктор поднялся с явным намерением вылезти из тарантаса. Егор Егорыч схватил доктора за фалду и потянул его вниз.

— Но... не рвите сюртука! Он тридцать рублей стоит... Пустите! И вообще, господа, я просил бы вас не беседовать со мной сегодня… Я не в духе и могу неприятностей наделать, сам того не желая. Пустите, Егор Егорыч! Садитесь на мое место, Михей Егорыч! Я спать пойду!

— Вы должны ехать, доктор! — сказал Егор Егорыч, не выпуская фалды. — Вы дали честное слово, что поедете!

— Это было вынужденное честное слово. Ну, для чего мне ехать, для чего?

— А для того, — запищал Михей Егорыч, — чтобы вы не остались с его женой! Вот для чего! Он ревнует к вам, доктор. Не езжайте, голубчик! Назло не езжайте! Ревнует, ей-богу ревнует!

Егор Егорыч густо покраснел и сжал кулаки.

— Эй, вы! — крикнули с другого тарантаса. — Михей Егорыч, будет вам ерундить! Идите сюда, нашлось место!

Михей Егорыч ехидно улыбнулся.

— А что, акула? — сказал он. — Чья взяла? Слышал? Нашлось место! Назло поеду! Поеду и буду мешать! Честное слово, буду мешать! Ни черта не убьешь! А вы, доктор, не езжайте. Пусть лопнет от ревности.

Егор Егорыч поднялся и потряс кулаками. Глаза его налились кровью.

— Негодяй! — сказал он, обращаясь к брату. — Ты не брат мне! Недаром прокляла тебя матушка покойница! Батюшка скончался во цвете лет чрез твое безнравственное поведение!

— Господа… — вмешался генерал. — Я полагаю… достаточно. Братья, рродные братья!

— Он родной осел, ваше превосходительство, а не брат! Не езжайте, доктор! Не езжайте!

— Трогай, чтобы чёрт побрал вас… А-а-а… Чёрт знает, что такое! Трогай! — крикнул генерал и ударил кулаком в спину Аввакума. — Тррогай!

Аввакум ударил по лошадям, и тройка тронулась с места. Во втором тарантасе писатель, капитан Кардамонов, взял себе на колени двух собак, а на их место усадил ретивого Михея Егорыча.

— Счастье его, что нашлось место! — сказал Михей Егорыч, усаживаясь в тарантасе, — а то бы я его… Опишите-ка этого разбойника, Кардамонов!

Кардамонов послал в прошлом году в «Ниву» статью под заглавием: «Интересный случай многоплодия среди крестьянского народонаселения», прочел в почтовом ящике неприятный для авторского самолюбия ответ, пожаловался соседям и прослыл писателем.

Согласно предначертанному плану действий, решено было ехать прежде всего на крестьянский сенокос, находящийся в семи верстах от имения Егора Егорыча, — ехать на перепелов. Приехавши на сенокос, охотники вылезли из тарантасов и разделились на две группы. Одна группа, имея во главе генерала и Егора Егорыча, направилась направо; другая, с Кардамоновым во главе, пошла налево. Больва отстал и пошел сам по себе. На охоте он любил тишину и молчание. Музыкант с лаем побежал вперед и через минуту согнал перепела. Ваня выстрелил и не попал.

— Высоко взял, чёрт возьми! — проворчал он. Щенок Тщетный, взятый «приучаться», услышав первый раз в жизни выстрел, залаял и, поджав хвост, побежал к тарантасам. Манже выстрелил в жаворонка и попал.

— Нравится мне эта птичка! — сказал он, показывая доктору жаворонка.

— Проваливайте... — сказал тот. — Вообще я просил бы вас не беседовать со мною... Я сегодня не в духе. Отойдите от меня!

— Вы скептик, доктор!

— Я-то? Гм... А что значит скептик?

Манже задумался.

— Скептик значит человеко... человеко... нелюбец, — сказал он.

— Врете. Не употребляйте тех слов, которых вы не понимаете. Отойдите от меня! Я могу наделать неприятностей, сам того не желая... Я не в духе...

Музыкант сделал стойку. Генерал и Егор Егорыч побледнели и притаили дыхание.

— Я выстрелю! — прошептал генерал. — Я... я... позвольте! Вы во второй раз уж того...

Но не удалась стойка. Доктор от нечего делать пустил камешком в Музыканта и попал между ушей... Музыкант взвизгнул и подскочил. Генерал и Егор Егорыч оглянулись. В траве послышался шорох и взлетел крупный стрепет. Во второй группе зашумели и указали на стрепета. Генерал, Манже и Ваня прицелились. Ваня выстрелил, у Манже осеклось... Поздно было! Стрепет полетел за курган и опустился в рожь.

— Полагаю, доктор, что... не время теперь шутить! — обратился генерал к доктору. — Не время-с!

— А?

— Не время теперь шутить.

— Я не шучу.

— Неловко, доктор! — заметил Егор Егорыч.

— Не брали бы... Кто вас просил брать меня? Впрочем... не желаю объясняться... Я не в духе сегодня...

Манже убил другого жаворонка. Ваня согнал молодого грача, выстрелил и не попал.

— Высоко взял, чёрт возьми! — проворчал он.

Послышались два подряд выстрела: Больва уложил за курганом своей тяжелой двустволкой двух перепелов и положил их в карман. Егор Егорыч согнал перепела и выстрелил. Подстреленная перепелка упала в траву. Торжествующий Егор Егорыч поднял ее и поднес генералу.

— В крылышко, ваше превосходительство! Жива еще-с!

— Н-да... Жива... Надо предать скорой смерти.

Сказавши это, генерал поднес перепелку ко рту и клыками перегрыз ей горло. Манже убил третьего жаворонка. Музыкант сделал другую стойку. Генерал сбросил с головы фуражку, навел ружье... «Пиль!» Взлетел крупный перепел, но... мерзавец доктор торчал как раз в области выстрела, почти перед дулом!

— Прочь! — крикнул генерал.

Доктор отскочил, генерал выстрелил, и, разумеется, дробь опоздала.

— Это низко, молодой человек! — крикнул генерал.

— Что такое? — спросил доктор.

— Вы мешаете! Чёрт вас просит мешать! По вашей милости я промахнулся! Чёрт знает что такое — из рук вон!

— Да вы-то чего кричите? Пфф... не боюсь! Я генералов не боюсь, ваше превосходительство, а в особенности отставных. Потише, пожалуйста!

— Удивительный человек! Ходит и мешает, ходит и мешает, — ангел выйдет из терпения!

— Не кричите, пожалуйста, генерал! Кричите вот на Манже! Он, кстати, боится генералов. Хорошему охотнику никто не помешает. Скажите лучше, что стрелять не умеете!

— Довольно-с! Вам слово — вы десять... Ваничка, дай-ка сюда пороховницу! — обратился генерал к Ване.

— Для чего ты пригласил на охоту этого бурбона? — спросил доктор Егора Егорыча.

— Нельзя, брат! — ответил Егор Егорыч. — Нельзя было не взять. Ведь я ему того... восемь тысяч... Э-хе-хе, братец! Не будь этих проклятых долгов...

Егор Егорыч не договорил и махнул рукою.

— Правда, что ты ревнуешь?

Егор Егорыч отвернулся и прицелился в высоко летевшего коршуна.

— Ты его потерял, молокосос! — раздался громовый голос генерала. — Ты потерял его! Он сто рублей стоит, поросенок!

Егор Егорыч подошел к генералу и осведомился, в чем дело. Оказалось, что Ваня потерял генеральский патронташ. Начались поиски за патронташем, и охота была прервана. Поиски продолжались час с четвертью и увенчались успехом. Нашедши патронташ, охотники сели отдохнуть.

Во второй группе перепелиная охота была тоже не совсем удачна. В этой группе Михей Егорыч был тем же, чем доктор в первой, даже хуже. Он выбивал из рук ружья, бранился, бил собак, рассыпал порох, словом — выделывал чёрт знает что... После неудачных выстрелов по перепелам, Кардамонов со своими собаками погнался за молодым коршуном. Коршуна подстрелили и не нашли. Капитан 2-го ранга убил камнем суслика.

— Господа, давайте анатомировать суслика! — предложил письмоводитель предводителя дворянства, Некричихвостов.

Охотники сели на траву, вынули перочинные ножи и занялись анатомией.

— Я в этом суслике ничего не нахожу, — сказал Некричихвостов, когда суслик был изрезан на мелкие кусочки. — Даже сердца нет. Вот кишки так есть. Знаете что, господа? Поедемте-ка на болота! Что мы тут можем убить? Перепела — не дичь; то ли дело кулички, бекасы… А? Едем!

Охотники поднялись и лениво направились к тарантасам. Приближаясь к тарантасам, они сделали залп по свойским голубям и убили одного.

— Ваше превосх… Егорыгорч! Ваше… Егорч…— закричала вторая группа, увидев отдыхающую первую. — Ау, ау!

Генерал и Егор Егорыч оглянулись. Вторая группа замахала фуражками.

— Зачем? — крикнул Егор Егорыч.

— Дело есть! Дрохву убили! Скорей сюда!

Первая группа дрохве не поверила, но к тарантасам пошла. Усевшись в тарантасы, охотники порешили оставить перепелов в покое и согласно маршруту проехать еще пять верст — к болотам.

— Я ужасно горяч на охоте, — обратился генерал к доктору, когда тройки отъехали версты на две от сенокоса. — Ужасно! Отца родного не пощажу. Уж вы того… извините старику!

— Гм…

— Каким добряком, шельмец, стал! — шепнул Егор Егорыч доктору на ухо. — Что значит мода пошла дочек за докторов отдавать! Хитер его превосходительство! Хе-хе-хе…

— А просторней стало! — заметил Ваня.

— Да.

— Отчего бы это? Совсем просторно…

— Господа, а Больва где? — хватился Манже.

Охотники посмотрели друг на друга.

— Где Больва? — повторил Манже.

— Должно быть, на той тройке. Господа, — крикнул Егор Егорыч, — Больва с вами?

— Нет, нету! — крикнул Кардамонов.

Охотники задумались.

— Ну, чёрт с ним! — порешил генерал. — Не ворочаться же за ним!

— Надо бы, ваше превосходительство, воротиться. Слаб уж очень! Без воды умрет. Не дойдет.

— Захочет, так дойдет.

— Умрет старичок. Ведь ему девяносто!

— Пустяки.

Подъехав к болотам, наши охотники вытянули физиономии... Болота были запружены охотниками, и вылезать из тарантасов поэтому не стоило. Немного подумав, охотники порешили проехать еще пять верст, к казенным лесам.

— Кого же вы там стрелять будете? — спросил доктор.

— Дроздов, орлиц... Ну, тетеревов.

— Так-с. Ну, а что поделывают теперь мои несчастные больные? И зачем вы меня взяли с собой, Егор Егорыч? Эх!

Доктор вздохнул и почесал затылок. Подъехав к первому попавшемуся леску, охотники повылезли из тарантасов и начали совещаться: кому идти направо и кому налево?

— Знаете что, господа? — предложил Некричихвостов.— В силу того закона, так сказать, в некотором роде природы, что дичь от нас не уйдет... Гм... Дичь от нас не уйдет, господа! Давайте-ка прежде всего подкрепимся! Винца, водочки, икорки... балычка... Вот тут, на травке! Вы какого мнения, доктор? Вам лучше это знать: вы доктор. Ведь нужно подкрепиться?

Предложение Некричихвостова было принято. Аввакум и Фирс разостлали два ковра и разложили вокруг них кульки со свертками и бутылками. Егор Егорыч порезал колбасу, сыр, балык, Некричихвостов раскупорил бутылки, Манже нарезал хлеба... Охотники облизнулись и возлегли.

— Ну-с, ваше превосходительство! По маленькой...

Охотники выпили и закусили. Доктор тотчас же налил себе другую и выпил. Ваня последовал его примеру.

— А ведь тут, надо полагать, и волки есть,— глубокомысленно заметил Кардамонов, посматривая искоса на деревья.

Охотники подумали, поговорили и минут через десять порешили, что волков, надо полагать, нет.

— Ну-с? По другой? Пропустим-ка! Егор Егорыч вы чего смотрите?

Выпили по другой.

— Молодой человек! — обратился Егор Егорыч к Ване. — Вы-то чего думаете?

Ваня замотал головой.

— Но при мне можешь, — сказал генерал. — Без меня не пей, но при мне... Выпей немножко!

Ваня налил рюмку и выпил.

— Ну-с? По третьей? Ваше превосходительство...

Выпили по третьей. Доктор выпил шестую.

— Молодой человек!

Ваня замотал головой.

— Пейте, Амфитеатров! — сказал покровительственным тоном Манже.

— При мне можешь, но без меня... Выпей немного!

Ваня выпил.

— Чего это небо сегодня такое синее? — спросил Кардамонов.

Охотники подумали, потолковали и через четверть часа порешили, что неизвестно, отчего это небо сегодня такое синее.

— Заяц... заяц... заяц!!! Держи!!!

За бугром показался заяц. За ним гнались две дворняги. Охотники повскакали и ухватились за ружья. Заяц пролетел мимо, помчался в лес, увлекая за собой дворняг, Музыканта и других собак. Тщетный подумал, посмотрел подозрительно на генерала и тоже помчался за зайцем.

— Крупный!.. Вот его бы того... Как это мы... прозевали?

— Да. Чего же эта бутылка тут того... Это вы не выпили, ваше высокопревосходительство? Э-э-э-э... Так вот вы как? Хо-ро-шо-с!

Выпили по четвертой. Доктор выпил девятую, с остервенением крякнул и отправился в лес. Выбрав самую широкую тень, он лег на травку, подложил под голову сюртук и тотчас же захрапел. Ваню развезло. Он выпил еще рюмочку, принялся за пиво, и в нем взыграла душа. Он стал на колени и продекламировал 20 стихов из Овидия.

Генерал заметил, что латинский язык очень похож на

французский... Егор Егорыч согласился с ним и добавил, что при изучении французского языка необходимо знать похожий на него латинский. Манже не согласился с Егором Егорычем, заметив, что не место толковать там про языки, где сидит физико-математик и стоит так много бутылок, добавив, что ружье его прежде дорого стоило, что теперь нельзя найти хорошего ружья, что...

— По восьмой, господа?

— Не много ли будет?

— Ну-у-у... Что вы! Восемь, и много?! Вы, значит, не пили никогда!

Выпили по восьмой.

— Молодой человек!

Ваня замотал головой.

— Полно! Ну-ка, по-военному! Вы так хорошо стреляете...

— Выпейте, Амфитеатров! — сказал Манже.

— При мне пей, но без меня... Выпей немного!

Ваня отставил в сторону пиво и выпил еще рюмочку.

— По девятой, господа, а? Какого мнения? Терпеть не могу числа восемь. Восьмого числа у меня умер отец... Федор... то есть, Иван... Егор Егорыч! Наливайте!

Выпили по девятой.

— Жарко, однако.

— Да, жарко, но это не помешает нам выпить по десятой!

— Но...

— Плевать на жару! Докажем, господа, стихиям, что мы их не боимся! Молодой человек! Покажите-ка пример... Пристыдите вашего дядюшку! Не боимся ни хлада, ни жары...

Ваня выпил рюмочку. Охотники крикнули «ура» и последовали его примеру.

— Солнечный удар может приключиться, — сказал генерал.

— Не может.

— Не может... при нашем климате? Гм...

— Однако бывали же случаи... Мой крестный умер от солнечного удара...

— Вы, доктор, как думаете? Может ли при нашем климате

удар приключиться... солнечный, а? Доктор!

Ответа не последовало.

— Вам не приходилось лечить, а? Мы про солнечный... Доктор, где же доктор?

— Где доктор? Доктор!

Охотники посмотрели вокруг себя: доктора не было.

— Где же доктор? Исчезоша? Яко воск от лица огня! Ха-ха-ха.

— К Егоровой жене отправился! — ляпнул Михей Егорыч.

Егор Егорыч побледнел и уронил бутылку.

— К жене его отправился! — продолжал Михей Егорыч, кушая балык.

— Чего же вы врете? — спросил Манже. — Вы видели?

— Видел. Ехал мимо мужик на таратайке... ну, а он сел и уехал. Ей-богу. По одиннадцатой, господа?

Егор Егорыч поднялся и потряс кулаками.

— Я спрашиваю: куда вы едете? — продолжал Михей Егорыч. — За клубникой, говорит. Рожки шлифовать. Я, говорит, уж наставил рожки, а теперь шлифовать еду. Прощайте, говорит, милый Михей Егорыч! Кланяйтесь, говорит, свояку Егору Егорычу! И этак еще глазом сделал. На здоровье... хе-хе-хе.

— Лошадей!! — крикнул Егор Егорыч и, покачиваясь, побежал к тарантасу.

— Скорей, а то опоздаешь! — крикнул Михей Егорыч.

Егор Егорыч втащил на козлы Аввакума, вскочил в тарантас и, погрозив охотникам кулаком, покатил домой...

— Что же всё это значит, господа? — спросил генерал, когда скрылась с глаз белая фуражка Егора Егорыча. — Он уехал... На чем же, чёрт возьми, я уеду? Он на моем тарантасе уехал! То есть не на моем, а на том, на котором мне нужно уехать... Это странно... Гм... Дерзко с его стороны...

С Ваней сделалось дурно. Водка, смешанная с пивом, подействовала как рвотное... Нужно было везти Ваню домой. После пятнадцатой охотники порешили тройку уступить генералу, с тем только условием, чтобы он, приехавши домой, немедленно выслал свежих лошадей за остальной компанией.

Генерал стал прощаться.

— Передайте ему, господа, — сказал он, — что... что так делают одне только свиньи.

— Вы, ваше превосходительство, векселя его протестуйте! — посоветовал Михей Егорыч.

— А? Векселя? Нда-с... Пора уже ему... Нужно честь знать... Я ждал, ждал и наконец утомился ждать... Скажите ему, что протест... Прощайте, господа! Прошу ко мне! А он свинья-с!

Охотники простились с генералом и положили его в тарантас рядом с заболевшим Ваней.

— Трогай!

Ваня и генерал уехали.

После восемнадцатой охотники отправились в лес и, постреляв немного в цель, улеглись спать. Перед вечером приехали за ними генеральские лошади. Фирс вручил Михею Егорычу письмо с передачей «братцу». В этом письме была просьба, за неисполнение которой грозилось судебным приставом. После третьей (проснувшись, охотники повели новый счет) генеральские кучера уложили охотников в тарантасы и развезли их по домам.

Егор Егорыч, приехавши домой, был встречен Музыкантом и Тщетным, для которых заяц был только предлогом, чтобы удрать домой. Посмотрев грозно на свою жену, Егор Егорыч принялся за поиски. Были обысканы все кладовые, шкафы, сундуки, комоды, — доктора не нашел Егор Егорыч. Он нашел другого: под жениной кроватью обрел он псаломщика Фортунатова...

Было уже темно, когда проснулся доктор... Поблуждав немного по лесу и вспомнивши, что он на охоте, доктор громко выругался и принялся аукать. Ответа на ауканье, разумеется, не последовало, и он порешил отправиться домой пешечком. Дорога была хорошая, безопасная, светлая. Двадцать четыре версты он отмахал в какие-нибудь четыре часа и к утру был уже в земской больнице. Побранившись всласть с фельдшерами, акушеркой и больными, он принялся сочинять огромнейшее письмо к Егору Егорычу. В этом письме требовалось «объяснение неблаговидных поступков», бранились ревнивые мужья и давалась клятва не ходить никогда более на охоту, — никогда! даже и двадцать девятого июня.

Салон де варьете

— Извозчик! Спишь, чёрт! В Салон де варьете!

— В Соленый вертеп? Тридцать копеек!

Подъезд и одинокий городовой, торчащий у подъезда, освещены фонарями. Рубль двадцать за вход и двадцать копеек за хранение платья (последнее, впрочем, не обязательно). Вы заносите ногу на первую ступень, и вас обдает уже сильнейшими запахами грошового будуара и предбанника. Слегка подпившие посетители... A propos[1]: не ходите в Salon, если вы не того... Быть немножко «подшофе» — более чем обязательно. Это принцип. Если входящий посетитель улыбается и мигает маслянистыми глазками, то это хороший признак: он не умрет от тоски и даже вкусит некоторое блаженство. Горе же ему, если он трезв! Ему не понравится Salon des varietes, и он, пришедши домой, высечет своих детей, чтобы они, выросши, не ходили в Salon... Слегка подпившие посетители ковыляют вверх по лестнице, вручают привратнику свои билеты, входят в комнату, увешанную изображениями великих, потягиваются и храбро устремляются в круговорот. По всем комнатам снуют взад и вперед, из двери в дверь, жаждущие сильных впечатлений, — снуют, мнутся, слоняются из угла в угол, как будто бы чего-то ищут... Что за смесь племен, лиц, красок и запахов! Дамы красные, синие, зеленые, черные, разноцветные, пестрые, точно трехкопеечные лубочные картинки...

Этих дам мы видели здесь и в прошлом году и в позапрошлом. Вы увидите их здесь и в будущем году. Декольте ни одной: и платья нет, и... груди нет. А какие чудные имена: Бланш, Мими, Фанни, Эмма, Изабелла и... ни одной Матрены, Мавры, Палагеи! Пыль ужаснейшая! Частицы румян и пудры, пары алкоголя взвешены в воздухе... Тяжело дышать, и хочется чихнуть...

....

— Как вы невежливы, мужчина!

---

1 Кстати

— Я-с? А… гм… так-с! Позвольте вам выразиться прозой, что мы очень хорошо понимаем ваши женственные идеи! Позвольте вам предложить ручку-с!

— Это с какой стати? Вы сперва познакомьтесь… Угостите сперва чем-нибудь!!

Подлетает офицер, берет даму за плечи и поворачивает ее спиной к молодому человеку… Последнему это не нравится… Немножко подумав, он вламывается в амбицию, берет даму за плечи и поворачивает ее в свою сторону…

························

Сквозь толпу пробирается громаднейший немец с тупой, пьяной физией и во всеуслышание страдает отрыжкой; за ним семенит маленький рябой человечек и пожимает его руку.…

— Э… эк! Гек!

— Покорнейше благодарю за благородную отрыжку! — говорит человечек.

— Ничаво… Э…эк!

Возле входа в зал толпа… В толпе два молодых купчика усердно жестикулируют руками и ненавидят друг друга. Один красен как рак, другой бледен. Оба, разумеется, пьяны как стельки.

— А ежели в морррду?

— Асел!!

— А ежели… Ты сам асел! Филантроп!!

— Сволочь! Чего руками махаешь? Вдарь! Да ты вдарь!

— Господа! — слышится из толпы женский голос. — Можно ли так браниться при дамах?

— И дам к свиньям! Чёрта лысого мне в твоих дамах! Тыщу таких кормлю! Ты, Катька, не того… не мешайся! Зачем он меня обидел? Ведь я его не трогал!

К бледному купчику подлетает франт с огромнейшим галстухом и хватает его за руку.

— Митя! Тятенька здесь!

— Ннно?..

— Ей-богу! С Сонькой за столом сидит! Чуть было ему на глаза не попался! Старый чёрт… Уходить надо! Скорей!!.

40

Митя пускает последний пронзительный взгляд на врага, грозит ему кулаком и стушёвывается…

……………………………

— Цвиринтелкин! Ступай туда! Там тебя Раиса ищет!

— Чёрт с ней! Не желаю! Она на щеколду похожа… Я себе другую мадаму выбрал… Луизу!

— Что ты? Эту пушку?

— В том-то и вся, брат, суть, что пушка… По крайности, баба! Не обхватишь!

Фрейлейн Луиза сидит за столом. Она высока, толста, потна и неповоротлива, как улитка… Перед ней на столе бутылка пива и шапка Цвиринтелкина… Контуры корсета грубо вырисовываются на её большущей спине. Как хорошо она делает, что прячет свои ноги и руки! Руки её велики, красны и мозолисты. Ещё в прошлом году она жила в Пруссии, где мыла полы, варила герру пастору Biersoupe[2] и нянчила маленьких Шмидтов, Миллеров и Шульцев… Но судьбе угодно было нарушить её покой: она полюбила Фрица, Фриц полюбил её… Но Фриц не может жениться на бедной; он назовёт себя дураком, если женится на бедной! Луиза поклялась Фрицу в вечной любви и поехала из милого фатерланда[3] в русские холодные степи заработать приданое… И теперь она каждый вечер ходит в Salon. Днём она делает коробочки и вяжет скатерть. Когда соберётся известная сумма, она уедет в Пруссию и выйдет за Фрица…

……………………………

— Si vous n'avez rien à me dire,[4] — несётся из залы…

В зале гвалт… Аплодируют всякому, кто бы ни появился на сцене… Канканчик бедненький, плохонький, но в первых рядах слюнотечение от удовольствия… Взгляните на публику в то время, когда голосят: «Долой мужчин!» Дайте в это время публике рычаг, и она перевернёт землю! Орут, голосят, визжат…

— Шш… ш… ш… — шикает в первых рядах офицерик какой-то девице…

---

[2] суп из пива

[3] отечества (нем. *Vaterland*).

[4] Если вам нечего мне сказать

Публика неистово протестует шиканью, и от аплодисментов содрогается вся Большая Дмитровка. Офицерик поднимается, поднимает вверх голову и важно, с шумом и звоном, выходит из зала. Достоинство, значит, поддержал!..

Гремит венгерский оркестр. Какие все эти венгерцы карапузики, и как они плохо играют! Конфузят они свою Венгрию!

За буфетом стоят сам г. Кузнецов и мадам с черными бровями; г. Кузнецов виночерпствует, мадам получает деньги. Рюмки берутся приступом.

— Рррюмку водки! Послушайте! Вводки!

— Царапнем, Коля? Пей, Мухтар!

Человек со стриженой головой тупо смотрит на рюмку, пожимает плечами и с остервенением глотает водку.

— Не могу, Иван Иваныч! У меня порок сердца!

— Плюнь! Ничего твоему пороку не поделается, ежели выпьешь!

Юноша с пороком сердца выпивает.

— Еще рюмку!

— Нет... У меня порок сердца. Я и так уж семь выпил.

— Плюнь!

Юноша выпивает...

....

— Мужчина! — умоляет девочка с острым подбородком и кроличьими глазками: — угостите ужином!

Мужчина ломается...

— Есть хочу! Одну только порцию...

— Пристала... Челаэк!

Подается кусок мяса... Девочка ест, и... как ест! Ест ртом, глазами, носом...

У стрельбы в цель идет ожесточенная стрельба... Тирольки, не отдыхая, заряжают ружья... А две тирольки недурны немножко... В стороне стоит художник и рисует на обшлаге тирольку.

— До свиданиа... Будьте здоговы! — кричат тирольки.

Бьет два часа... В зале танцы. Шум, гвалт, крик, писк, канкан...

Духота страшная… Зарядившиеся вновь заряжаются у буфета, и к трем часам готов уже кавардак.

В отдельных кабинетах…

Впрочем, уйдемте! Как приятен выход! Будь я содержателем Salon des varietes, я брал бы не за вход, а за выход…

Суд

Изба Кузьмы Егорова, лавочника. Душно, жарко. Проклятые комары и мухи толпятся около глаз и ушей, надоедают... Облака табачного дыму, но пахнет не табаком, а соленой рыбой. В воздухе, на лицах, в пении комаров тоска.

Большой стол; на нем блюдечко с ореховой скорлупой, ножницы, баночка с зеленой мазью, картузы, пустые штофы. За столом восседают: сам Кузьма Егоров, староста, фельдшер Иванов, дьячок Феофан Манафуилов, бас Михайло, кум Парфентий Иваныч и, приехавший из города в гости к тетке Анисье, жандарм Фортунатов. В почтительном отдалении от стола стоит сын Кузьмы Егорова, Серапион, служащий в городе в парикмахерской и теперь приехавший к отцу на праздники. Он чувствует себя очень неловко и дрожащей рукой теребит свои усики. Избу Кузьмы Егорова временно нанимают для медицинского «пункта», и теперь в передней ожидают расслабленные. Сейчас только привезли откуда-то бабу с поломанным ребром... Она лежит, стонет и ждет, когда, наконец, фельдшер обратит на нее свое благосклонное внимание. Под окнами толпится народ, пришедший посмотреть, как Кузьма Егоров своего сына пороть будет.

— Вы всё говорите, что я вру, — говорит Серапион, — а потому я с вами говорить долго не намерен. Словами, папаша, в девятнадцатом столетии ничего не возьмешь, потому что теория, как вам самим небезызвестно, без практики существовать не может.

— Молчи! — говорит строго Кузьма Егоров. — Материй ты не разводи, а говори нам толком: куда деньги мои девал?

— Деньги? Гм... Вы настолько умный человек, что сами должны понимать, что я ваших денег не трогал. Бумажки свои вы не для меня копите... Грешить нечего...

— Вы, Серапион Косьмич, будьте откровенны, — говорит дьячок. — Ведь мы вас для чего это спрашиваем? Мы вас убедить желаем, на путь наставить благой... Папашенька ваш ничего вам, окроме пользы вашей... И нас вот попросил... Вы откровенно... Кто не грешен? Вы взяли у вашего папаши двадцать пять рублей, что у них в комоде лежали, или не вы?

Серапион сплевывает в сторону и молчит.

— Говори же! — кричит Кузьма Егоров и стучит кулаком о стол. — Говори: ты или не ты?

— Как вам угодно-с… Пускай…

— Пущай, — поправляет жандарм.

— Пущай это я взял… Пущай! Только напрасно вы, папаша, на меня кричите. Стучать тоже не для чего. Как ни стучите, а стола сквозь землю не провалите. Денег ваших я никогда у вас не брал, а ежели брал когда-нибудь, то по надобности… Я живой человек, одушевленное имя существительное, и мне деньги нужны. Не камень!..

— Поди да заработай, коли деньги нужны, а меня обирать нечего. Ты у меня не один, у меня вас семь человек!

— Это я и без вашего наставления понимаю, только по слабости здоровья, как вам самим это известно, заработать, следовательно, не могу. А что вы меня сейчас куском хлеба попрекнули, так за это самое вы перед господом богом отвечать станете…

— Здоровьем слаб!.. Дело у тебя небольшое, знай себе стриги да стриги, а ты и от этого дела бегаешь.

— Какое у меня дело? Разве это дело? Это не дело, а одно только поползновение. И образование мое не такое, чтоб я этим делом мог существовать.

— Неправильно вы рассуждаете, Серапион Косьмич, — говорит дьячок. — Ваше дело почтенное, умственное, потому вы служите в губернском городе, стрижете и бреете людей умственных, благородных. Даже генералы, и те не чуждаются вашего ремесла.

— Про генералов, ежели угодно, я и сам могу вам объяснить.

Фельдшер Иванов слегка выпивши.

— По нашему медицинскому рассуждению, — говорит он, — ты скипидар и больше ничего.

— Мы вашу медицину понимаем… Кто, позвольте вас спросить, в прошлом годе пьяного плотника, вместо мертвого тела, чуть не вскрыл? Не проснись он, так вы бы ему живот распороли. А кто касторку вместе с конопляным маслом мешает?

— В медицине без этого нельзя.

— А кто Маланью на тот свет отправил? Вы дали ей слабительного, потом крепительного, а потом опять слабительного, она и не выдержала. Вам не людей лечить, а, извините, собак.

— Маланье царство небесное, — говорит Кузьма Егоров. — Ей царство небесное. Не она деньги взяла, не про нее и разговор… А вот ты скажи… Алене отнес?

— Гм… Алене!.. Постыдились бы хоть при духовенстве и при господине жандарме.

— А вот ты говори: ты взял деньги или не ты?

Староста вылезает из-за стола, зажигает о колено спичку и почтительно подносит ее к трубке жандарма.

— Ффф… — сердится жандарм. — Серы полный нос напустил!

Закурив трубку, жандарм встает из-за стола, подходит к Серапиону и, глядя на него со злобой и в упор, кричит пронзительным голосом:

— Ты кто таков? Ты что же это? Почему так? А? Что же это значит? Почему не отвечаешь? Неповиновение? Чужие деньги брать? Молчать! Отвечай! Говори! Отвечай!

— Ежели…

— Молчать!

— Ежели… Вы потише-с! Ежели… Не боюсь! Много вы об себе понимаете! А вы — дурак, и больше ничего! Ежели папаше хочется меня на растерзание отдать, то я готов… Терзайте! Бейте!

— Молчать! Не ра-а-азговаривать! Знаю твои мысли! Ты вор? Кто таков? Молчать! Перед кем стоишь? Не рассуждать!

— Наказать-с необходимо, — говорит дьячок и вздыхает. — Ежели они не желают облегчить вину свою сознанием, то необходимо, Кузьма Егорыч, посечь. Так я полагаю: необходимо!

— Влепить! — говорит бас Михайло таким низким голосом, что все пугаются.

— В последний раз: ты или нет? — спрашивает Кузьма Егоров.

— Как вам угодно-с... Пущай... Терзайте! Я готов...

— Выпороть! — решает Кузьма Егоров и, побагровев, вылезает из-за стола.

Публика нависает на окна. Расслабленные толпятся у дверей и поднимают головы. Даже баба с переломленным ребром, и та поднимает голову...

— Ложись! — говорит Кузьма Егоров. Серапион сбрасывает с себя пиджачок, крестится и со смирением ложится на скамью.

— Терзайте, — говорит он.

Кузьма Егоров снимает ремень, некоторое время глядит на публику, как бы выжидая, не поможет ли кто, потом начинает...

— Раз! Два! Три! — считает Михайло низким басом. — Восемь! Девять!

Дьячок стоит в уголку и, опустив глазки, перелистывает книжку...

— Двадцать! Двадцать один!

— Довольно! — говорит Кузьма Егоров.

— Еще-с!.. — шепчет жандарм Фортунатов. — Еще! Еще! Так его!

— Я полагаю: необходимо еще немного! — говорит дьячок, отрываясь от книжки.

— И хоть бы пискнул! — удивляется публика.

Больные расступаются, и в комнату, треща накрахмаленными юбками, входит жена Кузьмы Егорова.

— Кузьма! — обращается она к мужу. — Что это у тебя за деньги я нашла в кармане? Это не те, что ты давеча искал?

— Оне самые и есть... Вставай, Серапион! Нашлись деньги! Я положил их вчерась в карман и забыл...

— Еще-с! — бормочет Фортунатов. — Влепить! Так его!

— Нашлись деньги! Вставай!

Серапион поднимается, надевает пиджачок и садится за стол. Продолжительное молчание. Дьячок конфузится и сморкается в платочек.

— Ты извини, — бормочет Кузьма Егоров, обращаясь к сыну. — Ты не того... Чёрт же его знал, что они найдутся! Извини...

— Ничего-с. Нам не впервой-с… Не беспокойтесь. Я на всякие мучения всегда готов.

— Ты выпей… Перегорит…

Серапион выпивает, поднимает вверх свой синий носик и богатырем выходит из избы. А жандарм Фортунатов долго потом ходит по двору, красный, выпуча глаза, и говорит:

— Еще! Еще! Так его!

Темпераменты

Сангвиник. Все впечатления действуют на него легко и быстро: отсюда, говорит Гуфеланд, происходит легкомыслие... В молодости он bébe[1] и Spitzbube[2]. Грубит учителям, не стрижется, не бреется, носит очки и пачкает стены. Учится скверно, но курсы оканчивает. Родителей не почитает. Когда богат, франтит; будучи же убогим, живет по-свински. Спит до двенадцати часов, ложится в неопределенное время. Пишет с ошибками. Для любви одной природа его на свет произвела: только тем и занимается, что любит. Всегда не прочь нализаться до положения риз; напившись вечером до зеленых чёртиков, утром встает как встрепанный, с чуть заметной тяжестью в голове, не нуждаясь в «similia similibus curantur»[3]. Женится нечаянно. Вечно воюет с тещей. С родней в ссоре. Врет напропалую. Ужасно любит скандалы и любительские спектакли. В оркестре он — первая скрипка. Будучи легкомысленен, либерален. Или вовсе никогда ничего не читает, или же читает запоем. Газеты любит и сам не прочь погазетничать. Почтовый ящик юмористических журналов выдуман исключительно для одних только сангвиников. Постоянен в своем непостоянстве. На службе он чиновник особых поручений или что-либо подобное. В гимназии преподает словесность. Редко дослуживается до действительного статского советника; дослужившись же, делается флегматиком и иногда холериком. Шалопаи, прохвосты и брандахлысты — сангвиники. Спать в одной комнате с сангвиником не рекомендуется: всю ночь анекдоты рассказывает, а за неимением анекдотов, ближних осуждает или врет. Умирает от болезней органов пищеварения и преждевременного истощения.

Женщина-сангвиник — самая сносная женщина, если она не глупа.

_____

1 малыш

2 плут

3 «подобное лечится подобным»

Холерик. Желчен и лицом желто-сер. Нос несколько крив, и глаза ворочаются в орбитах, как голодные волки в тесной клетке. Раздражителен. За укушение блохи или укол булавкой готов разорвать на клочки весь свет. Когда говорит, брызжет и показывает свои коричневые или очень белые зубы. Глубоко убежден, что зимой «чёрт знает как холодно», а летом «чёрт знает как жарко...». Еженедельно меняет кухарок. Обедая, чувствует себя очень скверно, потому что всё бывает пережарено, пересолено... Большею частью холостяк, а если женат, то запирает жену на замок. Ревнив до чёртиков. Шуток не понимает. Всё терпеть не может. Газеты читает только для того, чтобы ругнуть газетчиков. Еще во чреве матери был убежден в том, что все газеты врут. Как муж и приятель — невозможен; как подчиненный — едва ли мыслим; как начальник — невыносим и весьма нежелателен. Нередко, к несчастью, он педагог: преподает математику и греческий язык. В одной комнате спать с ним не советую: всю ночь кашляет, харкает и громко бранит блох. Услышав ночью пение котов или петухов, кашляет и дребезжащим голосом посылает лакея на крышу поймать и, во что бы то ни стало, задушить певца. Умирает от чахотки или болезней печени.

Женщина-холерик — чёрт в юбке, крокодил.

Флегматик. Милый человек (я говорю, разумеется, не про англичанина, а про российского флегматика). Наружность самая обыкновенная, топорная. Вечно серьезен, потому что лень смеяться. Ест когда и что угодно; не пьет, потому что боится кондрашки, спит 20 часов в сутки. Непременный член всевозможных комиссий, заседаний и экстренных собраний, на которых ничего не понимает, дремлет без зазрения совести и терпеливо ожидает конца. Женится в 30 лет при помощи дядюшек и тетушек. Самый удобный для женитьбы человек: на всё согласен, не ропщет и покладист. Жену величает душенькой. Любит поросеночка с хреном, певчих, всё кисленькое и холодок. Фраза «Vanitas vanitatum et omnie vanitas»[4] (Чепуха чепух и всяческая чепуха) выдумана флегматиком. Бывает болен только тогда, когда его избирают в присяжные заседатели. Завидев толстую бабу, кряхтит, шевелит пальцами и старается улыбнуться. Выписывает «Ниву» и сердится, что в ней не раскрашивают картинок и не

_____

4 «Суета сует и всяческая суета»

пишут смешного. Пишущих считает людьми умнейшими и в то же время вреднейшими. Жалеет, что его детей не секут в гимназии, и сам иногда не прочь посечь. На службе счастлив. В оркестре он — контрабас, фагот, тромбон. В театре — кассир, лакей, суфлер и иногда pour manger[5] актер. Умирает от паралича или водянки.

Женщина-флегматик — это слезливая, пучеглазая, толстая, крупичатая, сдобная немка. Похожа на куль с мукою. Родится, чтобы со временем стать тещей. Быть тещей — ее идеал.

Меланхолик. Глаза серо-голубые, готовые прослезиться. На лбу и около носа морщинки. Рот несколько крив. Зубы черные. Склонен к ипохондрии. Вечно жалуется на боль под ложечкой, колотье в боку и плохое пищеварение. Любимое занятие — стоять перед зеркалом и рассматривать свой вялый язык. Думает, что слаб грудью и нервен, а потому ежедневно пьет вместо чая декокт и вместо водки — жизненный эликсир. С прискорбием и со слезами в голосе уведомляет своих ближних, что лавровишневые и валериановые капли ему уже не помогают... Полагает, что раз в неделю не мешало бы принимать слабительное. Давно уже порешил, что его не понимают доктора. Знахари, знахарки, шептуны, пьяные фельдшера, иногда повивальные бабки — первые его благодетели. Шубу надевает в сентябре, снимает в мае. В каждой собаке подозревает водобоязнь, а с тех пор, как его приятель сообщил ему, что кошка в состоянии задушить спящего человека, видит в кошках непримиримых врагов человечества. Духовное завещание у него давно уже готово. Божится и клянется, что ничего не пьет. Изредка пьет теплое пиво. Женится на сиротке. Тещу, если она у него есть, величает прекраснейшей и мудрейшей особой; наставления ее выслушивает молча, склонив голову набок; целовать ее пухлые, потные, пахнущие огуречным рассолом руки считает своей священнейшей обязанностью. Ведет деятельную переписку с дяденьками, тетеньками, крестной мамашей и друзьями детства. Газет не читает. Читал когда-то «Московские ведомости», но, чувствуя при чтении этой газеты тяжесть под ложечкой, сердцебиение и муть в глазах, он бросил ее. Втихомолку читает Дебе и Жозана. Во время ветлянской чумы пять раз говел. Страдает слезотечением и

---

5 ради хлеба

кошмарами. На службе не особенно счастлив: далее помощника столоначальника не дотянет. Любит «Лучинушку». В оркестре он — флейта и виолончель. Вздыхает день и ночь, а потому спать с ним в одной комнате не советую. Предчувствует потопы, землетрясение, войну, конечное падение нравственности и собственную смерть от какой-нибудь ужасной болезни. Умирает от пороков сердца, лечения знахарей и зачастую от ипохондрии.

Женщина-меланхолик — невыносимейшее, беспокойнейшее существо. Как жена — доводит до отупения, до отчаяния и самоубийства. Тем только и хороша, что от нее избавиться нетрудно: дайте ей денег и спровадьте ее на богомолье.

Холерико-меланхолик. Во дни юности был сангвиником. Черная кошка перебежала дорогу, чёрт ударил по затылку, и сделался он холерико-меланхоликом. Я говорю о известнейшем, бессмертнейшем соседе редакции «Зрителя». Девяносто девять процентов славянофилов — холерико-меланхолики. Непризнанный поэт, непризнанный pater patriae[6], непризнанный Юпитер и Демосфен… и т. д. Рогатый муж. Вообще всякий крикливый, но не сильный.

_____

6 отец отечества

Статьи

Сара Бернар

Побывавшая на обоих полюсах, избороздившая своим шлейфом вдоль и поперек все пять частей света, проплывшая все океаны, не раз летавшая под самые небеса, тысячу раз известная Сара Бернар не побрезговала и Белокаменной.

В среду, часов в 6½ вечера, два локомотива величаво подползли под навес Курского вокзала, и мы увидели всесветную, легендарную диву. Мы увидели ее… но чего нам стоило это?! Нам помяли бока, оттоптали ноги; у нас болят глаза, потому что мы пальцами растянули наши орбиты, чтобы сквозь вокзальный полумрак на платформе получше рассмотреть дитя Парижа, так кстати нарушившее наш уродливый покой.

И Москва стала на дыбы…

Два дня тому назад Москва знала только четыре стихии, теперь же она неугомонно толкует о пятой. Она знала семь чудес, теперь же не проходит и полминуты, чтобы она не говорила о восьмом чуде. Те, которым посчастливилось достать хоть самый маленький билет, умирают от нетерпения, ожидая вечера. Забыты глупая погода, плохие мостовые, дороговизна, тещи, долги. Нет того канальи-извозчика, который, сидя на козлах, не разводил бы рацеи о приезжей. Газетчики не пьют, не едят, бегают, суетятся. Одним словом, артистка стала нашей idée fixe. Мы чувствуем, что в наших головах происходит нечто подобное первичному умопомешательству.

Про Сару Бернар писали и пишут ужасно много! Если бы мы собрали все то, что было написано о ней, и продали бы на пуды (по полтора рубля за пуд) и если бы мы пожертвовали полученную от продажи сумму Обществу покровительства животных, то — клянемся нашими перьями! — лошади и собаки обедали бы и ужинали по меньшей мере у Оливье или у Татар.

Писали много и, разумеется… врали много. Врали, кажется, больше, чем не врали. Писали о ней французы, немцы, негры, англичане, готтентоты, греки, патагонцы, индийцы... Напишем и мы о ней что-нибудь, напишем и постараемся не врать[1].

Наружности ее описывать не станем по двум весьма основательным причинам: во-первых, наш талантливый художник г. Чехов даст в следующем нумере портрет, а во-вторых, наружность парижско-семитическая не поддается описанию.

M-lle Сара Б. родилась в Гавре от отца еврея и матери голландки. В Гавре прожила она, к счастью, не долго. Судьба, в образе ужасной бедности, загнала ее мать в Париж. Попав в Париж, Сара поступила в консерваторию. На приемном испытании в консерватории она прочла басню Лафонтена с таким чувством и выражением, что гг. экзаменаторы не замедлили поставить ей самый высокий балл и занести ее в число принятых. Не прочти она басню с чувством, получи единицу, не пришлось бы ей, пожалуй, побывать в Москве. Воспитывалась она в монастыре. Будучи порядочной фантазеркой, она чуть-чуть не постриглась в монахини; однако артистическая струнка и огонек, гулявший по всем жилкам, помешали этому намерению.

Впервые выступила она на сцену в 1863 г. Она дебютировала в Comédie Française и потерпела кораблекрушение: ее ошикали. Понеси фиаско и не желая здесь, и Comédie Française, играть вторые роли, она перешла в Théâtre de Gymnase. Здесь счастье ей улыбнулось. На нее обратили внимание. В Théâtre de Gymnase пробыла она не долго. В одно прекрасное утро директор театра получил следующую записку: «Не рассчитывайте на меня. Когда вы прочтете эти строки, я буду уже далеко». В то время, когда m-r директор распечатывал эту записку и надевал на нос очки, Сара Бернар была уже по ту сторону Пиренеев.

Человек вообще ужаснейший невежа... Заставить его помнить о себе трудно. Легкомысленные французы совершенно забыли про Сару, пока она разъезжала на испанских почтовых в стране померанцев и гитар. Когда она

---

1 Замечательно, господа! Как только начнешь писать про Сару Бернар, так и хочется что-нибудь соврать. Почтенная дива, надо полагать, поработила самую красивую из человеческих страстей...

возвратилась в Париж, ей пришлось поцеловаться со всеми театральными замка?ми: двери театров для нее были заперты. Кое-как добилась она местечка в театре Porte Saint-Martin, — местечка статистки на двадцатипятирублевое жалованье. Занимая это ничтожное местечко, она ревностно изучала роли пьес, даваемых на сцене Odeon'а, и ее работы увенчались успехом. В 1867 году она выступила на сцене Odeon'а в ролях Анны Дамб в «Кине» и Занетты в пьесе Коппе. В роли Занетты Сара превзошла все на свете. Успех был так грандиозен, что генерал от французской литературы Виктор Гюго нарочно для Сары Бернар написал роль королевы в «Рюи Блаз»… Дотоле микроскопические драматурги, благодаря игре Сары, начали выдвигаться вперед и сделались видимыми… Так она выдвинула Коппе. С вторичным поступлением Сары на «первую сцену Франции», в Come'die Franc,aise, слава ее настолько выросла и упрочилась, что не было в Париже ни одного легкомысленного француза, который не знал бы «notre grande Sarah»[2].

Девиз Сары — «Quand même», то есть «во что бы то ни стало». Девиз хорош, эффектен, ослепителен, поразителен и вызывает чихание. Женское «Quand même» ужаснее мужского: это засвидетельствуют вам все мужья… «Quand même» Сары — упрямо, настойчиво. С ним Сара Бернар бросалась очертя голову в такие тартары, сквозь которые можно пробраться уму недюжинному и воле по меньшей мере железной. Она прошла, как говорится, сквозь огонь, воду и медные трубы… Кончилось тем, что она прослыла «самою оригинальною женщиной».

Любит она больше всего на свете… рекламу. Реклама — ее страсть. «Figaro» и «Gaulois» во вторую половину семидесятых годов только тем и занимались, что во все лопатки воспевали «grande Sarah»… Репортеры целыми армиями ходили за ней и наступали на ее шлейф. В ее передней всегда толпится такая толпа, которая ничто в сравнении с толпой кредиторов, наполняющих переднюю прокутившегося купеческого сынка. Реклама — великое дело. Она дала состояние и имя Иоганну Гоффу и конечно играла не малую роль в баснословных подвигах Сары.

---

2 «нашу великую Сару»

Больше всего на свете не любит Сара немцев... На здоровье!

Сара Бернар соперничает со всеми музами. Она скульптор, живописец, писатель и все что хотите. Группа ее «После бури» — довольно серьезная работа. За нее получила она в «салоне» похвальный отзыв. В живописи она похрамывает, но все-таки ее кисть не лишена широких, сочных взмахов... В обоих искусствах она реальна.

В 1879 году Сара была в Лондоне, и «во время ее лондонских гастролей, — говорит «Фигаро», — не было в Лондоне ни одного англичанина, страдавшего сплином». В прошлом году директор Comédie Française получил от нее такую записку: «Не рассчитывайте на меня и проч.» Когда m-r директор распечатывал эту записку и надевал на нос очки, Сара была уже по ту сторону океана, в Америке... В Америке она творила чудеса... Летала на поезде сквозь горящий лес, сражалась с индейцами и тиграми и т. п. Посетила там, между прочим, профессора черной магии и волшебника Эдисона, который показал ей все свои телефоны и фонофоны. По свидетельству французского художника Робида?, американцы выпили все озеро Онтарио, в котором выкупалась Сара... В Америке она дала (horribile dictu![3]) 167 представлений! Цифры сборов так длинны, что их не выговорит любой профессор по математике... Говорят, что французы к ней уже охладевают...

Когда она возвратилась из Америки, ее не пригласили в Comédie Française, а это... В настоящее время она путешествует... Объезжает города и веси Европы и пожинает лавры, тщательно минуя Берлин. Бедные немцы! Впрочем, нет худа без добра, лишняя сотня тысяч рублей останется дома, в немецких карманах, а сотня тысяч годится детишкам на молочишко...

В Одессе Сару приняли несколько эксцентрично: обрадовались, крикнули ура и бросили в карету камушком...

Неприлично, но зато оригинально... Камень коснулся Сары, как окружность касательной... M-r Жаретту кусок каретного стекла залез в глаз... Дебют в холодных русских степях, как видите, никуда какой...

О подвигах Сары в Москве сообщим, и сообщим беспристрастно... Как гостье скажем комплимент, а как

_____

3 страшно сказать!

артистку раскритикуем наистрожайше.

Опять о Саре Бернар

Черт знает что такое!

Утром просыпаемся, прихорашиваемся, натягиваем на себя фрак и перчатки и часов в 12 едем в Большой театр... Приходим домой из театра, глотаем обед неразжеванным и строчим. В восьмом часу вечера опять в театр; из театра приходим и опять строчим, строчим часов до четырех... И это каждый день! Думаем, говорим, читаем, пишем об одной только Саре Бернар. О, Сара Бернар!! Кончится вся эта галиматья тем, что мы до maximum'а расстроим свои репортерские нервы, схватим, благодаря еде не вовремя, сильнейший катар желудка и будем спать без просыпа ровно две недели после того, как уедет от нас почтенная дива.

Ходим в театр два раза в день, смотрим, слушаем, слушаем и никак не дослушаемся и не досмотримся до чего-нибудь особенного. Всё как-то сверх ожидания обыкновенно, и обыкновенно до безобразия. Смотрим не моргая и не мигая на Сару Бернар, впиваемся глазами в ее лицо и стараемся во что бы то ни стало увидеть в ней еще что-нибудь, кроме хорошей артистки. Чудаки мы! Раздразнили нас многообещавшие заграничные рекламы. Мы не увидели в ней даже ни малейшего сходства с ангелом смерти. Это сходство признано было за Сарой (как говорил кто-то где-то) одной умиравшей, глядя на которую Сара училась отправляться в конце драмы ad patres.[1]

Что же мы увидели?

Пойдемте, читатель, вместе в театр, и вы увидите, что мы увидели. Пойдемте... ну хоть на «Adrienne Lecouvreur». Идем в восьмом часу. Приближаемся к театру и видим бесчисленное множество двуглазых тарахтящих карет, извозчиков, жандармов, городовых... Ряд гуськом возвращающихся от театра извозчиков буквально бесконечен. Съезд — размеров ужасающих. В театральных коридорах толкотня: московские лакеи налицо все до единого. Одежд не вешают, а, за неимением крючков на вешалках, складывают их вчетверо,

---

1 к праотцам.

сжимают и кладут одно платье на другое, как кирпичи. Входим в самую суть. Начиная с оркестра и кончая райком, роится, лепится и мелькает такая масса всевозможных голов, плеч, рук, что вы невольно спрашиваете себя: «Неужели в России так много людей? Батюшки!» Вы глядите на публику, и мысль о мухах на обмазанном медом столе так и лезет в вашу голову. В ложах давка: на стуле сидят papa, на коленях papa — maman, а на коленях последней — детвора; стул же в ложе не один. Публика, надо вам сказать, не совсем обыкновенная. Среди театральных завсегдатаев, любителей и ценителей вы увидите немало таких господ, которые решительно никогда не бывают в театре. Вы найдете здесь сухих холериков, состоящих из одних только сухожилий, докторов медицины, ложащихся спать не раньше не позже 11 часов. Тут и до чертиков серьезный магистр дифференциального вычисления, не знающий, что значит афиша и какая разница между цирком Саломонского и Большим театром... Здесь и все те серьезнейшие, умнейшие дельцы, которые в интимных беседах театр величают чепухой, а актеров дармоедами. В одной из лож заседает старушка, разбитая параличом, со своим мужем, глухим и гугнивым князьком, бывшим в театре в последний раз в 1848 году. Все в сборе...

Стучат. Парижем запахло... В Париже не звонят, а стучат. Поднимается занавес. На сцене m-me Lina Munte и m-me Sidney. Вы видите не совсем незнакомую картину. Вы что-то подобное, кажется, видели года полтора-два тому назад на страницах «Нивы» или «Всемирной иллюстрации». Недостает только Наполеона I, стоящего за портьерой, в полутени, и тех богатых, роскошных форм, на которые так щедры французские живописцы... Начинается тарахтенье и трещанье на французском диалекте. Вы вслушиваетесь и ушами едва успеваете догонять расходившиеся языки картавящих француженок. Вам мало-мальски известно содержание «Adrienne Lecouvreur», вы чуточку утомляетесь следить за игрой и начинаете рассматривать... На сцене две француженки и несколько господ французов. Безупречно роскошные костюмы, не наш язык, это чисто французское уменье бесконечно улыбаться — переносят ваши мысли в «о, Париж, край родной». Он припоминается вам, умный, чистенький, веселый, как вдовушка, снявшая траур, с своими дворцами, домами, бесчисленными мостами через Сену. В лицах и костюмах этих легкомысленных французов вы узнаете Comédie Française с его первым и вторым рядами кресел, на которых восседает сплошной польдекоковский виконт. Вы мечтаете, и пред вашими глазами мелькают один за другим: Булонский лес, Елисейские поля, Трокадеро, длинноволосый Доде, Зола с своей круглой бородкой, наш И. С. Тургенев и наша «сердечная» m-me Лаврецкая, гулящая, сорящая российскими червонцами семо и овамо.

Первое действие оканчивается. Занавес падает. В публике ни-ни... Тишина гробовая даже в райке.

Во втором действии показывается и сама Сара Бернар. Ей подносят букет (нельзя сказать, чтобы плохой, но и не совсем, не в обиду будь сказано, хороший). Сара Бернар далеко не похожа на ту Сару Бернар, которую вы видели на продающихся у Аванцо и Дациаро карточках. На карточках она как будто бы свежей и авантажней.

Оканчивается второе действие. Занавес падает, и публика аплодирует, но так лениво! Федотовой и даже Кочетовой аплодируют гораздо энергичнее. А как Сара Бернар раскланивается! С главою, склоненною несколько набок, выходит она из средней двери, идет к авансцене медленно, важно, никуда не глядя, точно maximus pontifex[2] пред жертвоприношением, и описывает в воздухе головой не видимую простым глазом дугу. «Нате, смотрите! — как бы написано во всей ее фигуре. — Смотрите, удивляйтесь, поражайтесь и говорите спасибо за то, что имеете честь видеть „самую оригинальную женщину“, „notre grande Sarah“!»

Интересно было бы знать, какого мнения гг. гости о нашей публике? Странная публика! Американцы выпили озеро Онтарио, англичане впрягали себя вместо лошадей, индейцы целой армией сторожили поезд, в котором она ехала, чтобы ограбить ее сокровища, а наша публика не хохочет, не плачет и аплодирует, точно озябла или держит свои руки в ватяных рукавицах.

«Медведи! — так, может быть, подумают спутники Сары. — Не хохочут и не плачут потому, что не знают французского языка. Не ломают от восторга шей и кресел потому, что ни бельмеса не смыслят в гении Сары!» Очень возможно, что так подумают. Всему миру известно, что заграница не знает

2 верховный жрец.

нашей публики. Мы хорошо видели эту публику, а потому и можем «сметь о ней суждение иметь». Театр был переполнен медведями, которые так же хорошо говорят по-французски, как и сама Сара Бернар. В райке мы видели таких знатоков, ценителей и любителей, которые знают, сколько волос на голове г. Музиля, которые обрызжут ваше лицо слюной, опрокинут расходившимися руками лампу и не извинятся, если вы начнете спорить с ними о том, кто лучше: Ленский или Иванов-Козельский. В оркестре, на местах контрабасов, барабана и флейт заседает самая что ни на есть соль мира. Публики, аплодирующей г. Музилю за то, что тот «говорит смешно», на представлениях Сары Бернар не имеется; на эти представления ей ходить незачем; для нее интереснее смотреть клоуна Танти, чем Сару Бернар. Мы видели публику, избалованную игрой покойных Садовского, Живокини, Шумского, часто видящую игру Самарина и Федотовой, воспитанную на Тургеневе и Гончарове, а главное, перенесшую в последние годы столько поучительного горя. Одним словом, мы видели публику, которой угодить очень трудно, публику самую взыскательную. Немудрено, если она не падает в обморок в то время, когда Сара Бернар за минуту до смерти энергичнейшими конвульсиями дает публике знать, что она сейчас умрет.

Мы далеки от поклонения Саре Бернар как таланту. В ней нет того, за что наша почтеннейшая публика любит Федотову: в ней нет огонька, который один в состоянии трогать нас до горючих слез, до обморока. Каждый вздох Сары Бернар, ее слезы, ее предсмертные конвульсии, вся ее игра — есть не что иное, как безукоризненно и умно заученный урок. Урок, читатель, и больше ничего! Будучи дамой очень умной, знающей, что эффектно и что не эффектно, дамой с грандиознейшим вкусом, сердцеведкой и всем, чем хотите, она очень верно передает все те фокусы, которые иногда, по воле судеб, совершаются в душе человеческой. Каждый шаг ее — глубоко обдуманный, сто раз подчеркнутый фокус... Из своих героинь она делает таких же необыкновенных женщин, как и она сама... Играя, она гонится не за естественностью, а за необыкновенностью. Цель ее — поразить, удивить, ослепить... Вы смотрите на Adrienne Lecouvreur, и вы видите в ней не Adrienne Lecouvreur, а умнейшую, эффектнейшую Сару Бернар... Во всей игре ее просвечивает не талант, а гигантский, могучий труд... В этом-то труде и вся разгадка загадочной артистки. Нет того пустячка в ее малых и больших ролях, который не прошел бы раз сто сквозь чистилище этого труда. Труд необыкновенный. Будь мы трудолюбивы так, как она, чего бы мы только не написали! Мы исписали бы все стены и потолки в нашей редакции самым мелким почерком. Мы завидуем и почтительнейше преклоняемся пред ее трудолюбием. Мы не прочь посоветовать нашим перво- и второстепенным господам артистам поучиться у гостьи работать. Наши артисты, не в обиду будь им это сказано, страшные лентяи! Ученье для них хуже горькой редьки. Что они, то есть большинство наших артистов, мало дела делают, мы заключаем по одному тому, что они сидят на точке замерзания: ни вперед, ни... куда! Поработай они так, как работает Сара Бернар, знай столько, сколько она знает, они далеко бы пошли! К нашему великому горю, наши великие и малые служители муз сильно хромают по части знаний, а знания даются, если верить старым истинам, одним только трудом.

Мы смотрели на Сару Бернар и приходили от ее трудолюбия в неописанный восторг. Были местечки в ее игре, которые трогали нас почти до слез. Слезы не потекли только потому, что вся прелесть стушевывалась искусственностью. Не будь этой канальской искусственности, этого преднамеренного фокусничества, подчеркивания, мы, честное слово, заплакали бы и театр содрогнулся бы от рукоплесканий... О талант! Кювье сказал, что ты не в ладу с гибкостью! А Сара Бернар страсть как гибка!

Труппа, разъезжающая с Сарой, — ни то и, пожалуй, ни се. Народ здоровый, рослый, коренастый. Имея в виду всякие могущие произойти случайности (нападения тигров, индейцев и проч.), Сара недаром возит с собой этих мускулистых людей.

Держат себя французы на сцене восхитительно. Один московский рецензент, воспевая до кровавого пота Сару Бернар, упомянул между прочим о ее уменье слушать. Это уменье мы признаем не за одной только ею, но и за всей труппой. Французы отлично слушают, благодаря чему они никогда не чувствуют себя лишними на сцене, знают, куда девать свои руки, и не стушевывают друг друга... Не то, что наши… У нас не так делается. У нас г. Макшеев монолог читает, а г. Вильде, его слушающий, глядит куда-нибудь в одну точку и нетерпеливо покашливает; так и кажется, что на лице его написано: «И не мое это, брат, дело!» Труппа очень приличная, выдрессированная, но… бесталанная. Ни то ни се…

Возвращаемся, однако, к Adrienne Lecouvreur. Или вот что, читатель! Вам надоело читать мою дребедень, а мне ужасно спать хочется. Бьет четыре часа, и у моей хорошенькой соседки горланит петух… Глаза слипаются, как обмазанные клеем, нос клюет по писанному…

Завтра опять на Сару Бернар… ох!

Писать, впрочем, про нее больше не буду, даже если редактор заплатит мне по полтиннику за строчку. Исписался! Шабаш!

Жизнь Василия Фивейского — Л. Н. Андреев — 9781784351182

Леди Макбет Мценского уезда и Запечатленный ангел - Н. С. Лесков - 9781909669666

Очарованный странник — Н. С. Лесков — 9781909669727

Некуда — Н. С. Лесков -9781909669673

Мы - Евгений Замятин- 9781909669758

Санин — М. П. Арцыбашев — 9781909669949

Двенадцать стульев — Ильф и Петров - 9781784350239

Золотой теленок — Ильф и Петров - 9781784350468

Мастер и Маргарита — М.А. Булгаков - 9781909669895

Собачье сердце — М.А. Булгаков — 9781909669536

Записки юного врача — М.А. Булгаков — 9781909669680

Роковые яйца — М.А. Булгаков — 9781909669840

Горе от ума — А. С. Грибоедов - 9781784350376

Рассказы для детей - Д. Хармс - 9781784350529

Евгений Онегин (Либретто) — 9781909669741

Пиковая Дама (Либретто) — 9781909669918

Борис Годунов (Либретто) — 9781909669376

Руслан и Людмила (Либретто) — 9781784350666

Жизнь за царя (Либретто) - 9781784351250

www.ingramcontent.com/pod-product-compliance
Lightning Source LLC
Chambersburg PA
CBHW071348130626
46556CB00005B/2077